제주어 마음사전

현택훈 글 * 박들 그림

나는 제주도 부루기에서 태어났습니다. 감귤밭에 딸린 집에서 태어났습니다. 할머니가 말하는 제주어를 들으며 자랐습니다. 제주어는 내 마음속에서 감귤처럼 노랗게 익어갔습니다.

학교가 끝나 집에 가면 엄마는 제주어로 내게 소도리를 했습니다. 엄마는 마치 만담가처럼 하루 동안 있었던 일을 들려줬습니다. 하지만 이제 할머니도 엄마도 이 세상에 없습니다. 제주어는 내 마음에 들어와 집을 지었습니다. 나는 그 집에서 시를 써왔습니다.

시를 쓰면서 제주어에 대한 생각이 많아졌습니다. 나를 자라게 한 이 제주어를 어떻게 시어로 드러낼 것인가. 백석은 평안도말로 공동체의 모습을 잘 보여줬습니다. 평안도말을 몰라도 그 시의 매력을 느낄 수 있습니다. 하지만 제주어로 시를 보여주는 건 쉬운 일이 아닙니다. 그래서 일단 나의 제주어 사전 만들기를 시작했습니다.

유네스코는 제주어를 소멸 위기 언어로 지정했습니다. 이 단계는 소멸 직전의 단계라고 합니다. 언어는 그 지역의 문화, 역사, 정신 등이 총망라되어 나타납니다. 제주도에서 태어나 제주도에서 시를 쓰는 나는 결국 시에서 제주어를 품어야 하는 운명을 지녔습니다. 그래서 오늘도 제주어 사전을 들여다보며, 시의 언어를 생각합니다.

오는 일요일에는 오름에 올라 제주의 바람을 맞을 겁니다. 제주의 바람에는 제주어가 들어 있는 것만 같습니다. 운이 좋으면 그 바람에서 할머니와 엄마의 목소리를 들을 수 있겠지요. 어떤 바람은 자울락자울락 붑니다. 눈물이 스며 있는 바람, 그 바람의 언어를 맞기 위해 운동화 끈을 단단히 묶겠습니다.

—제주도 서귀포에서 현택훈

＊ ＊ ＊

차 례

우리는 가매기 새끼들이었다

＊ ＊ ＊

* * *

2부

엄마는 한라산 용강에 묻혔다

* * *

* * *

3부

제주의 새들은 제주어로 울까

* * *

* * *

4부

오늘 밤에 나는 또 누군가의 꿈에 가서

* * *

제주어 마음사전

1부

우리는 가매기 새끼들이었다

가매기

까마귀.

가마귀, 가나귀, 가막새, 가메기 등으로도 불린다.

이별에 관한 대중가요 노래를 들으면 생각나는 사람이 있다. 지금은 애기 엄마가 된 그 사람. 초등학생이었을 때 내 마음에 들어온 아이. 내가 무슨 말을 하면 환하게 웃어주던 아이.

어렸을 때 우리는 까마귀처럼 얼굴이 까매지도록 놀았다. 해가 질 때까지 놀았다. 해가 져서 사위가 구분하기 어려울 때까지 놀았다. 어떤 날에는 땅거미가 내려앉았는데, 보이지 않는 공터에서 축구를 하기도 했다. 친구는 물론이고 축구공도 잘 보이지 않는데 거의 느낌에 의지해 공을 찼다. 엄마들이 우리의 이름을 부를 때까지 우리는 까마귀 새끼들이었다.

골목길 모퉁이에 보안등이 생기자 우리는 부나방이 되었다. 그 보안등 아래에서 줄넘기도 하고, 비석치기도 했다. 누군가 만화책을 갖고 오면 보안등 불빛 아래에서 함께 읽었다. 만화책을 좋아하면서 친해진 친구가 있다. 그 녀석과 나는 간첩처럼 밤에 보안등 아래에서 만나 만화책을 서로 교환했다.

중학생이 되자 더는 그 보안등 아래 몰려들지 않았다. 더 많은 불빛들이 생겼고, 우리는 점점 얼굴이 하얘졌다. 빛을 보는 날들이 줄어들었다. 우리의 얼굴은 형광등 불빛에 익어갔다. 공부를 할 것도 아니면서 스탠드를 하나 갖고 싶었다. 어릴 적 까마귀들은 어느새 탈색이 되고 있었다. 비디오가 나왔고, 덩달아 문명의 이기를 체험하기 위해 녀석과 나는 비디오 테이프를 바꿔 보았다.

다시 돌아간다면 까마귀 시절로 돌아가고 싶다. 웃동네와 알동네끼리 편을 가르고 자치기를 하고, 겨울이면 눈싸움을 했다. 일본 진지동굴이 있는 여우동산에서 막대기로 총싸움을 하기도 했다.

그 까마귀 시절에 나는 같은 반 한 여학생을 마음에 두고 있었다. 그 애는 친절했다. 다른 녀석들과는 달랐다. 그 '지집아이'를 좋아하는 건 나만의 비밀이었다. 고백을 하면 놀림감이 될 게 뻔하기 때문이다.

6학년 사회 시간. 모둠 별로 학급신문을 만들어 오라고 했다. 나는 일부러 그 아이가 속한 모둠에 들어갔다. 그리고 마침내 일요일에 우리 집에 모여 학급신문을 만들게 됐다. 여러 명이긴 하지만 그 애가 내 방에 있는 것에 나는 얼굴이 빨개졌다. 기분이 멍했다.

그때 마침 동네에 사는 그 녀석이 우리 집에 놀러 왔다. 그 녀석은 나와 다른 학교였지만 같은 학년이라서 녀석과 우리 모둠은 금방 친해졌다. 그것이 내 불행의 시작이었다.

나와 그 애는 중학교와 고등학교를 같은 학교에 가지 못했다. 그 애의 소식은 건너건너 들을 뿐이었다. 그러다 스무 살이 되어 군대에 갔다오자 더는 미룰 수 없었다. 인터넷에 있는 동창회 모임에 그 애 이름이 있었다. 나는 용기를 내 이메일을 보냈고, 우리는 거의 십 년 만에 다시 만났다.

우리는 영화를 보고, 밥을 먹었다. 내 생각엔 데이트라는 걸 했다. 몇 번 더 만났다. 나는 기회를 봐서 고백을 하려고 결심했

다. 초등학생 때부터 계속 좋아했다고, 널 잊은 적 없다고.

"저기, 내, 내가 할 말이 있는데."

영화를 보고 나온 우리는 놀이터 벤치에 앉았다. 내가 주뼛
거리면서 말했다.

"응? 나도 할 말 있는데."

내가 말하려고 하는데, 그 애도 무슨 말인지 내게 할 말이 있
다고 했다.

"어, 먼저 말 해."

"나, 이번 가을에 결혼해."

그 애는 수줍게 웃으며 손가락으로 머리카락을 귀 뒤로 넘겼다.

"아, 어, 아, 그, 그래."

나는 충격이었지만, 아무렇지도 않은 듯이 대답했다. 그리고 말을 이었다.

"축, 축하해. 근데, 신랑은 누구야?"

"아, 여기, 이 사람이야. 너도 알 것 같은데."

그 애가 다이어리에서 꺼내 내게 사진 한 장을 보여줬다. 어릴 적 그 녀석이다. 학급신문 만들 때 우리 집에 놀러 왔던 그 녀석.

이제부터 그 애가 들려주는 이야기로는 사랑의 시점이 바뀐다. 그 아이의 시점으로 보면, 그 아이와 녀석은 중학교 때 같은 학교에서 보고 우리 집에서 만났던 기억으로 친해졌다고 한다. 그리고 서로 좋아하다가 스무 살 되어 다시 같은 대학 같은 학과가 되었다는 것.

내가 그 녀석보다 자치기도 잘하고, 달리기도 잘했는데, 이게 뭐람.

까마귀 시절로 돌아간다면, 그 녀석이 우리 집에 들어오려고 할 때 학급신문 만들기를 해야 하니까 다음에 오라고 막을 것이다.

이별 노래를 따라 부르는 소리가 까마귀처럼 가왁가왁 우는 걸로 들릴 것 같다.

간세둥이

게으름뱅이.

얼마 전에 우당도서관에 갔다. 이사를 하기 전 자주 가던 도서관이다. 도서관에서는 '간세둥이'가 된다. 군 복무 기간을 빼고 이십대에 주로 머물던 곳이다. 그때나 지금이나 열람실에는 공무원 시험이나 취업 준비 공부를 하는 대학생들이 많다. 나도 덩달아 소방관 시험을 보겠다고 시간을 보내기도 했지만, 대개 도서관 종합열람실 시집 코너 앞을 서성이곤 했다.

책을 읽다 답답하면 도서관 뒤에 있는 별도봉에 오르곤 했다. 별도봉은 내가 어린 시절 놀던 놀이터이기도 하다. 지형을 잘 알고 있기에 사람이 잘 다니지 않는 풀숲으로도 곧잘 들어가곤 했다. 그러다 키 큰 억새 너머에서 젊은 남녀가 뒤엉켜 있는 모습을 보고 말았다. 나는 그들이 눈치 채지 못하게 슬금슬금 뒷걸음질을 하고서 산 아래로 내려왔다. 괜스레 내 가슴이 쿵쾅거렸다. 그 연인들은 지금 이 글을 보고 화들짝 놀랄까.

구스 반 산트 감독의 영화 〈아이다호〉는 청춘에 대한 영화다. 리버 피닉스가 연기한 마이크는 기면증을 앓고 있었다. 곽지

균 감독의 영화 〈청춘〉에서도 김정현이 연기한 수인은 기면증으로 아무 데서나 팍 쓰러지곤 한다. 이 두 영화를 청춘의 영화로 꼽는 걸 보면 내 청춘의 기간이 얼추 나온다. 이 두 영화에 나오는 기면증을 청춘의 병이라 여겼다. 박정대 시인은 나보다 아홉 살 많지만 그의 정서가 나와 잘 맞는 것 같다. '아무 데서나 나도 팍 쓰러지고 싶었다'(「아이다호」)는 박정대처럼 나도 아무 데서나 팍 쓰러지고 싶었다.

IMF가 모든 의제를 덮어버리던 시절이었다. 나는 시를 동경하면서 정작 시를 열심히 쓰지는 않았다. 가방에는 기형도의 유고 시집 『입 속의 검은 잎』이 들어 있었다. 진이정, 여림, 이연주 등 요절한 시인들을 편애했다. 시인이라면 요절해야 하는 게 시인의 코스인 것처럼 받아들이던 시절이었다. 그러다 기형도나 진이정보다 오래 살게 되면서 점점 그런 생각은 치기라고 둘러댄다.

도서관 정기간행물실에서 시간을 보내던 시절이 그리워질 줄은 몰랐다. 『문학사상』, 『문학과 사회』, 『동서문학』 등의 문예지를 보면서 언젠가는 그 문예지에 내 시를 발표할 날을 꿈꾸곤 했다. 하지만 꿈만 꿨다. 그러니 지금은 무명시인으로 그런 선망의 문예지에는 내 졸시를 실을 일이 거의 없고, 어떤 문예지는 폐간됐다.

그 무렵 세계사라는 출판사에서 나온 시선은 내게 어떤 처방전 같은 시집들이었다. 함민복의 『자본주의의 약속』, 진이정의

『거꾸로 선 꿈을 위하여』, 강연호의 『비단길』 등은 빈둥대는 시절에 위안이 되어 주었다. 이렇게 근사한 시의 세계를 만든 시인들의 존재 자체가 내게 큰 위로가 되어 주었다. 그 이름들을 형이나 누나 이름 부르듯 호명하는 호사 아닌 호사를 누렸다.

　이젠 시를 쓰려면 '간세둥이'가 되어서는 안 된다. 오몽(부지런히 움직이다)해야 한다. 간세둥이의 마음이 시인의 마음이라 여기던 날은 이미 옛날이 된 것 같다.

강셍이

강아지.

강셍이, 고넹이(강아지, 고양이)

오래된 상점에 들러 생수 한 병을 산다. 마을길을 걷는다. 낮은 담장 너머로 집마당이 보인다. 근처에 사는 '강셍이'가 골목길 밖에까지 나와 꼬리를 흔든다. 낯선 사람일 텐데 짖지 않는다. 다른 뜻이 없다는 걸 동물들은 사람보다 더 빨리 눈치 채는 걸까. 가까이 다가가 쓰다듬으니 기어오르려고 한다. 사람 발걸음을 따라온다. 모퉁이를 꺾을 때까지 따라오다 그제야 멈추더니 한참을 바라보다 돌아선다. 돌아서서 가다가 다시 뒤돌아본다.

그 모습이 마치 정 많은 마을 사람들 같다.

　마을길을 걷다 조금 멀리 걸으면 밭들이 나타난다. 감귤밭 한편에 있는 감귤 창고는 길 잃은 강아지 같다. 감귤 수확철에만 노란 열매를 품는 감귤 창고. 평소에는 힘없는 강아지 같다.

　걷다가 지치면 그늘에 앉아 목을 축인다. 다시 걸으려고 하는데 마을길에서 봤던 강아지와 똑같이 생긴 강아지가 눈앞에 나타난다. 어쩌면 둘은 같이 태어났다가 이별을 했는지도 모른다. 눈빛이 똑 닮았다. 나는 그 강아지에게 마을에 있는 피붙이의 안부를 전해주고 싶었다. 가까이 다가가 쓰다듬으니 기어오른다.

　어렸을 때부터 강아지를 좋아했다. 그래서 강아지를 몇 번 길렀지만 오래 가지 못했다. 고모는 내가 범띠라서 그렇다고 말했다. 나는 범띠인 것이 싫었다.

　어렸을 때 한 친구 별명이 '강아지'였다. 성이 '강'이라서 붙은 별명이었다. 다른 까닭은 없었다. 내 이름에 '택'자가 들어 있어서 내 별명이 '택시'였던 것처럼. 그 친구는 공부를 잘했다. 초등학교 6년 내내 1등이었다. 그래서 당연하게도 훗날 의사가 되었다.

　서른 살 무렵에 초등학교 동창회에 갔다가 의사가 된 강아지를 만났다. 스무 명 가까이 참석한 동창 모임에서 술을 마시며 서로 이런저런 얘기를 할 때 강아지가 내게 다른 곳으로 나가자고 했다. 우리는 그곳에서 슬쩍 빠져나왔다. 우리는 근처 작은

술집으로 갔다.

"시끄러워서 얘길 할 수 있어야 말이지."

강아지가 맥주를 마시며 내게 말했다.

나는 의사가 된 강아지에게 겨우 한다는 말이 내가 요즘 어디가 아픈데 그것은 왜 그런 거냐고 문진을 하듯 그런 얘기만 늘어놓았다. 당연히 그 자리는 오래 가지 못했다. 집에 와서야 후회했다.

공부를 잘하던 강아지는 공부를 못하는 나와 잘 놀아줬다. 공부를 잘하는 다른 친구들과는 달랐다. 그 고마움을 그때는 몰랐다. 다시 강아지를 만나면 병에 관한 얘기 말고 어린 시절 얘기와 지금 서로 살아가는 얘기를 밤새 나누고 싶다.

고장

꽃.

제주도 '고장' 중에서 나는 '감귤고장'을 좋아한다. 하효마을은 마을 전체가 감귤밭이라고 말해도 될 정도다. 봄에는 귤꽃 향기가 바람에 날리고, 여름에는 초록비가 내린다. 감귤밭을 좋아하는 사람들은 수확기에 태양처럼 잘 익은 감귤밭 풍경도 좋아하지만 5월에 하얗게 귤꽃 핀 풍경도 좋아한다.

작년 5월에 하효마을로 감귤 소풍을 갔다. 귤밭에서 사진도 찍고, 노래도 하고, 이야기도 나누고, 도시락도 먹었다. 마을 탐방을 따라나섰다가 집과 감귤 창고와 감귤밭이 함께 있는 풍경을 사진에 담아뒀다.

더 필요하지 않아 보였다. 집과 창고와 밭. 과수원집에서 태어난 나는 이 풍경이 원풍경이다. 이 풍경이 시를 쓰게 했다. 그곳 화북2동 웃동네 부루기마을. 나중에 아이가 생긴다면 감귤밭에서 함께 일하고 싶다. 내가 어린 시절에 감귤밭에서 일했던 것처럼. 감귤밭의 사계절이 주는 풍경이 곧 내 마음의 미학이다.

마을 전체가 감귤밭인 하효마을은 고향 마을처럼 따뜻하게 다가온다. 초록색 마을을 걸으며 감귤밭의 사계와 인생의 계절을 생각한다.

감귤밭에는 새봄이면 새 잎사귀가 돋아난다. 그것은 마치 감귤나무가 넥타이를 맨 것 같다. 푸른 넥타이. 이제 갓 취직해서 새로운 직장에서의 설렘과 두려움으로 선 감귤 군과 힘차게 악수하자.

효돈이 고향인 어느 사람에게 들은 말이다. 어렸을 때 5월이면 귤꽃 향기가 바람을 일으키며 마을 가득 자욱했다고. 그래서 나이가 들면 우리 마을의 특산물은 귤꽃향기라고 말할 거라고. 하지만 나이가 들어서 5월 무렵 고향 마을에 가도 그때 그 향기가 나지 않는다고 한다. 그것은 공기가 오염이 되어 그런 건지 그도 잘 모르겠다고 한다. 벌도 잘 보이지 않는다 하고.

한 연구에 따르면 벌과 나비 들도 멸종이 될 수 있다고 한다. 이들이 사라지면 꽃가루받이를 못해 인간 역시 위기에 직면한다는 것.

"벌아. 여기로 와. 향기가 잘 전해지지 않더라도 축농증이라 여기며 여기로 와. 여기 꽃에게로 와."

곤밥

흰밥. 쌀이나 볍쌀로 지은 밥이다.

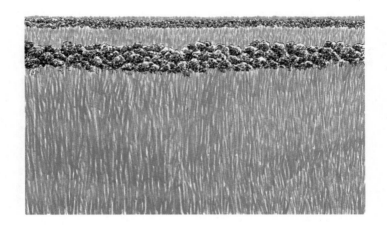

제주도는 화산섬이라서 벼농사를 짓기 어려운 땅이다. 그래서 주로 보리를 재배했다. 쌀이 귀해서 쌀밥은 제삿날이나 명절에만 먹는 게 보통이었다. 쌀은 잘 보관했다가 귀한 손님이 오면 밥을 지어 대접했다. 쌀밥을 '곤밥'이라 부른 것은 보리밥이나 조밥을 주로 보다가 쌀밥을 보니 그 하얀 빛깔이 고와서 '곤밥'이라 부르게 된 것으로 보인다.

어렸을 때, 제삿날 음식을 먹기 위해 졸음이 밀려와도 꾹 참

앉던 기억이 난다. 어른들은 그것을 음복하는 거라고 말했다. 제사 음식을 미리 먹으려고 하면 어머니는 내 손등을 탁 쳤다. 조상님 드시기 전에 먼저 먹으면 안 된다면서. 그렇다고 순순히 물러설 내가 아니다. '고넹이추룩'(고양이처럼) 부엌으로 기어가 음식을 날름 삼키곤 했다.

어머니가 이 '고넹이'를 늘 막은 건 아니다. 할아버지가 안 볼 때 음식을 내 입 속에 넣어주기도 했다. 그럼 나는 음식을 입에 넣고 어머니 옆에서 가르랑거린다. 그러다 할아버지가 나타나면 어머니가 내 손등을 치는 시늉을 한다.

"요놈의 '밤고넹이'!"

화들짝 놀란 나는 방으로 냉큼 도망친다.

잡채를 맛있게 잘 만들었던 어머니는 내가 중학생일 때 사고로 돌아가셨다. 어머니 제삿날엔 음식을 먼저 먹지 않게 되었다. 소풍날 내게 김밥을 싸주고 단무지만 먹던 어머니. 내 생일날 국수를 삶고 내 친구들 오기 전에 옆집으로 가 있던 어머니. 내가 키 작은 어머니가 창피하다고 말한 것이 얼마나 큰 상처로 남았을까. 내게 화를 내지도 않고 자리를 피했던 어머니.

제주도는 양푼 공동체라는 말이 있을 정도로 밥을 한 그릇에 놓고 같이 먹는 풍습이 있다. 양푼에 밥을 한가득 담고 둘러앉아 밥을 먹었다. 때론 숟가락이 서로 부딪치기도 했다. 그것은 서러운 소리였다. 가난했던 시절, 서로 밥을 많이 먹으려고 밥을 뜨다 서로 부딪치는 소리.

제주도는 마을에서 돼지를 추렴하면 마을 사람 모두에게 고기를 돌린다. 마을 전체가 양푼 속에 들어가는 것과 같다. 어머니가 돌아가시고 난 후 학교가 끝나고 집에 왔을 때 마루 끝에 올려져 있는 돼지고기를 보면 어머니가 생각났다. 그런 날이면 아버지가 김치찌개를 끓였다. 김치찌개과 '곤밥' 그것으로 충분했다. 어머니의 따뜻했던 두손을 만지던 기억이 그때는 잊히지 않고 있으리라. 따뜻한 '곤밥' 같은 어머니의 두손.

제주도에는 식당 이름을 '곤밥'으로 짓기도 한다. 요즘은 흔해진 '곤밥'이지만, 그 눈처럼 하얀 쌀밥 위로 김이 피어오르는 것을 보면 침이 꼴깍 넘어간다. 나는 가끔 배고픈 것과 어머니가 그리운 것을 혼동한다.

곰세기

돌고래. '곰수기'라고도 한다.

버스 타는 걸 좋아한다. 버스에 앉아 차창 밖을 보면 여러 생각을 정리할 수 있기 때문이다. 제주도에는 일주도로가 있다. 일주도로를 운행하는 버스를 타면 제주도를 한 바퀴 돌 수 있다. 동회선과 서회선으로 나뉘어 있지만 환승을 하면 제주도를 다 돌 수 있다. 그렇다고 하루에 다 돌려고 하는 무모한 계획은 세우지 않는 게 낫다. 한 사흘 정도 여유를 갖고 돌면 눈에 들어오는 것들이 많으리라.

버스를 타면 어느 쪽에 앉을지 정해야 한다. 제주도 시외버스는 지정석이 없기에 자유롭게 앉을 수 있다. 한쪽은 바다가 보이고, 한쪽은 산이 보이기 때문에 그날 그 시간의 기분에 따라 자리를 잡으면 된다.

바다가 보이는 쪽 창가에 앉았을 때 운이 좋으면 '곰세기'를 볼 수 있다. 남방큰돌고래. 제주도 연안에 사는 남방큰돌고래는 헤엄을 치다 가끔씩 점프를 한다. 그것은 바다의 무지개다. 점프를 하는 돌고래를 본 날은 기분이 좋다.

남방큰돌고래는 사람을 좋아한다. 그리고 섬을 좋아한다. 빙빙 돌 수 있는 섬 주변에서 주로 서식한다. 섬에서 살면 섬을 빙빙 돌게 된다. 사람이나 돌고래나 섬에서는 처지가 비슷하다.

해녀가 물질을 하다 돌고래를 만나면 "배 알로! 배 알로!"라고 외친다. '알로'는 '아래로'라는 뜻의 제주어다. 그러면 신기하게도 돌고래가 해녀의 소리를 듣고 해녀보다 아래로 아주 낮게 잠수를 해 지나간다. 이보다 더 아름다운 애니메이션이 있을까.

버스를 타고 제주도를 돌다가 제주 바람을 만나면 우리는 바람 아래로 자세를 낮춰야 한다. 무언가 부딪칠 것 같은데 자세를 '알로' 하면 의연하게 문제를 풀 수도 있다. 우리는 돌고래와 함께 제주도에 산다.

자전거를 타는 건
바람 속을 헤엄치는 것
어쿠스틱 기타를 연주하는 건
음악 속을 헤엄치는 것
차창에 흐르는 빗방울을 사진 찍는 건
시간 속을 헤엄치는 것

우리는 모두 바다 속을 유영하(겠)지
월정리 바닷가 고래가 될 카페 이름처럼
고래가 될, 아니 이미 고래가 된
사람들, 마을들, 슬리퍼들
너의 마음속에서 헤엄치던 날이 있었지
어린 마음은 낯선 공항의 검색대에서처럼 불안했지
이제 다시 만난 자유는
푸른빛 자전거 페달처럼 돌아가지

시간 속을 헤엄치는 건
구럼비 앞바다 속을 헤엄치는 것
바람 속을 헤엄치는 건
유칼립투스의 발가락을 간질이는 것
음악 속을 헤엄치는 건
제주도 바다를 한 바퀴 도는 것

-「남방큰돌고래」

곱을락

숨바꼭질. 달리 '곱을레기', '곱음제기'라고도 한다.

제주도에는 예쁜 지명들이 많다. 가스름, 아홉굿마을, 볼레낭개, 소보리당, 스모루, 지샛개, 폴개 등. 행정구역 이름으로 한자어가 쓰이면서 우리말 지명들이 점점 숨어버리고 있다.

4·3 때 잃어버린 마을들은 세월의 저편에서 숨바꼭질을 하고 있다. 완전히 '곱아'버린 그 마을들. 다랑쉬, 무등이왓, 곤을동, 어우늘, 이생이……. 아름다운 제주 마을 이름이다. 하지만 그 아름다움 뒤에는 비극이 웅크리고 있다.

고즈넉한 마을은 너무 조용해서 서늘하다. 잃어버린 마을은 여전히 겨울이다. 일부 몇 마을을 빼고는 대부분 재건되지 못했다. 아마도 그 끔찍한 시간 속으로 다시 들어가기 두려워서일 것이다.

잃어버린 마을들은 1948년 겨울에 멈춰 있다. 꽁꽁 얼어버린 나라가 제주도에 건국되었다. 한라산 중산간을 거닐다 대밭이 있고 돌담만 남아 있는 집터들이 보이면 그 마을은 4·3 당시 잃어버린 마을일지도 모른다.

대나무는 생활용품을 만드는 주재료이기에 마을이나 집에는 으레 대나무를 심었다. 내가 태어난 부루기 집에도 대나무가 있었다. 할아버지는 내게 대나무 활 만드는 법을 알려줬다.

둘째 형과 나는 한 살 터울이었다. 싸우기도 많이 했지만 서로 같이 놀았다. 둘째 형과 나는 활과 화살을 만들었다. 그리고 우리는 토끼를 잡으러 산에 갔다. 여우언덕 이곳저곳을 살폈지만 토끼는 없었다. '지넹이'(지네) 잡으러 다니다 뱀을 보고 기겁한 적도 있다. 우리는 그냥 소나무에 대고 화살을 쏘아댔다.

마을이 사라진 건 공동체가 사라진 것과 같다. 공동체는 사람들이 모여 형성된다. 1945년 독립을 맞이하고 1947년 3·1절 발포 사건이 일어나기 전 모처럼 온 식구가 한 마당에 모여 앉아 앞날을 말하며 기대에 찼겠지. 하지만 제주의 봄은 오래 가지 못했다.

다랑쉬, 무등이왓, 곤을동, 어우늘, 이생이……. 잃어버린 아이들 이름 같다. '곱을락'을 했는데 끝내 찾지 못한 아이들. 그 마을에서 뛰놀던 아이들은 다 어디로 갔을까. 가수 요조가 부르는 노래 '그리운 그 옛날'은 4·3 이전을 그리워하는 노래로 들린다. "온 식구가 한마당에 모여앉고는 분주했던 그날을 축복"할 수 있을 때가 행복한 시절일 텐데……. 가난해도 온 식구가 한 마당에 모여 앉아 있을 수 있다면 그것이 평화 아니겠는가. 여전히 무서워 나오지 못하고 '곱을락'하고 있는 아이들의 그림자가 제주 마을에 숨어 있다.

구젱기

소라. 달리 '구제기, 구젱기, 구젱이, 고동'이라고 한다.

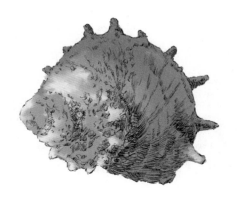

'구젱기'는 조가비처럼 공예품이 되거나 소라양초 등 여러 가지 미술 작품이나 생활예술 작품으로 만들어지기도 한다. 소라는 제주 바다의 물결을 품고 회전을 한다. 맑은 바닷물을 들이켠 제주 소라는 제주 바다가 낳은 해산물이다.

소라는 남해안과 제주도에서 많이 난다. 제주도에서 나는 소라는 뿔이 나 있어 뿔소라에 속한다. 해녀들이 소라를 많이 채취하는데 전복과 함께 소라는 그들의 주 수입원이다. 옥돔, 갈치,

고등어, 전복, 해삼, 보말, 문어 등 제주를 대표할 만한 해산물이 많은데 그중에서도 소라는 맛과 영양이 풍부해서 해녀들도 으뜸으로 꼽는 해산물이다.

소라는 맛이 쫀득하고 오독오독하여 씹히는 맛이 일품이다. 입맛이 없을 때 따뜻한 밥에 초장 찍은 소라숙회를 얹으면 입맛이 돌아올 것이다. 소라는 회나 구이, 젓갈 등으로 먹을 수 있다. 여름날 바닷가 평상에서 소라물회를 먹으면 더위는 다 사라진다.

소라 껍데기를 귀에 대면 장 콕토의 귀가 된다. 소라 껍데기 너머 파도 소리가 들려온다. 소라는 바다의 물결을 품고 자랐기에 소라 껍데기에서는 바다의 소리가 난다. 그리고 제주 소라는 물결이 더 거셌는지 뿔이 여럿 나 있다.

귓것

귀신.

정신이 온전하지 못한 사람을 얕잡아 부를 때도 쓴다.

늦깎이로 대전에서 문학 공부를 할 때의 일이다. 옥탑방에서 자취를 한 적이 있다. 옥탑방에 대한 로망도 있었고, 월세가 비교적 저렴한 편이라서 옥탑방을 구했다. 용운동. 근처에 용운도서관이 있고, 주공아파트 버스 정류장이 보이는 옥탑방이었다. 홍상수의 영화 〈돼지가 우물에 빠진 날〉처럼 옥상에 금귤나무 화분이 있지는 않았지만, 옥상을 마당처럼 독립적으로 쓴다고 착각할 수 있어서 좋았다.

문제는 그 옥탑방에 이사 간 후부터 방에서 잠을 자면 거의 매일 악몽을 꿨다. 여름밤이었다. 가뜩이나 열대야 때문에 잠이 오지 않는데 겨우 잠이 들면 꼭 악몽이 기다렸다. 수맥이 흐르면 악몽을 꾸게 된다는 말을 듣고 눕는 방향을 동서남북 바꿔 봐도 소용이 없었다.

같은 학과 K에게 고충을 말하니 그가 안경을 벗고 이마에 맺힌 땀을 손수건으로 닦으며 말했다.

"그 집에 전에 살던 사람한테 무슨 안 좋은 일이 있었던 게 아닐까."

K는 UFO 탐사 동아리를 만들기 위해 대학 행정실에 가서 동아리 등록을 마치고 돌아오는 길이었다.

"무슨 안 좋은 일?"

내가 마시던 커피를 벤치에 내려놓으며 말했다.

"이를테면 살인이나 자살 같은."

"뭐?"

"그때 죽은 원혼이 그 방에 아직도 남아 있는 모양이지."

"에이, 설마."

K는 땀을 많이 흘린다. 다한증이라서 늘 손바닥이 흥건하다. 귀신이 있는 곳에 가면 땀이 더 많이 난다고 K가 말했다.

옥탑방에 돌아와 누웠는데 K의 말이 자꾸만 떠올랐다.

'그때 죽은 원혼이 그 방에 아직도 남아 있는 모양이지.'

창문을 열면 뜨끈한 바람이 불어오는 열대야였다. 선풍기 돌아가는 소리가 귀신의 신음처럼 들리기도 했다.

이대로 잠이 들면 또 가위에 눌릴 게 뻔했다. 그래서 나는 전전반측 잠을 못 이루다 주인에게 가서 이 옥탑방에 사연이 있는지 물어볼 생각으로 일어났다. 그때였다. 밖에서 문 두드리는 소리가 났다.

'누구지?'

현관문을 열어보니 집주인이었다. 주인아저씨는 러닝을 입은 채 부채질을 하며 문 앞에 서 있었다.

"학생. 집에 있었네."

"아, 안녕하세요."

"지난달 전기세가 갑자기 많이 나왔네."

"지난달 전기세가요? 전기가 갑자기 늘 일이 없었는데요."

주인아저씨는 전기요금 고지서를 내게 들이밀었다. 정해진 전기요금을 매달 내고 있었는데, 이번 달은 특별한 경우라서 금액을 더 내라는 것. 나는 날도 더운데 계속 실랑이를 벌일 기분이 아니었다.

흡족한 미소를 지으며 돌아서 가려던 주인아저씨가 갑자기 걸음을 멈추더니 고개를 돌려 내게 말했다.

"근데, 잠은 잘 와?"

"네? 그게 무슨 말씀이세요? 아, 이 옥탑방에서 혹시 사람이 죽거나 뭐 그런 일이 있었나요?"

"아니, 뭐, 누가 그런 소릴 해? 그런 일 없어."

"근데, 아까는 잠이 잘 오는지 왜 제게 물으신 거죠?"

"잠이 잘 오는지 궁금해서. 날이 더워서 잠이 와야 말이지."

주인아저씨는 연신 부채질을 하며 말했다. 손바닥에서 땀이 많이 났다.

그 뒤로도 악몽의 나날이 계속 이어져 결국 나는 겨울에 고시원으로 이사했다. 겨울방학이 되어 고향 제주에 가보니 집이 이사를 했다. 아버지가 고향집을 팔고 낡고 허름한 여인숙을 구입했다. 이름하여 '들꽃여인숙'.

아버지는 301호, 형은 302호, 나는 303호에 머물렀다. 303호에 누워 있으면 오만 가지 생각이 다 들었다. 그 방을 거쳐간 수많은 사람들의 숨소리가 다 들리는 것 같았다.

그래도 용운동 옥탑방과 용담동 들꽃여인숙에서 시 여러 편 썼다.

굴룬각시

내연녀.

나는 제주도에서 나고 자랐지만, 모르는 제주어가 많다. 그래서 제주어 사전은 마치 어린 시절 즐겨 보던 지리부도 같다. 고등학교에 다니던 미경이 누나의 사회 교과서 부교재였던 지리부도. 그 지도책을 펼치면 미지의 여행을 할 수 있었다.

제주어 사전은 제주 속으로 더 깊이 여행할 수 있게 한다. 제주어 사전을 보다 알게 된 제주어가 꽤 있다. '굴룬'이라는 말도 그 중 하나다. '굴룬'은 '쓸데없는 것'을 뜻하는 접미사다. 그러니 쓸데없는 말을 뜻하는 '군말'의 제주어는 '굴룬말'. 그래서 '군살'은 '굴룬살'이다. 손가락을 짚어가며 살피는데 '굴룬각시'라는 말이 있다. 쓸데없는 각시? 생각하며 뜻을 봤더니 '메께라'(어머나)! "제 아내를 속여가며 관계하는 내연의 여자"라고 되어 있다. 문득 할머니가 했던 말이 생각났다. "저 '굴룬각시' 보라." 그 말은 부정적인 여자를 보며 하는 말이었다. '굴룬각시'가 있으니 '굴룬서방'도 있다. 물론 '내연남'이라는 뜻이다.

'굴룬불'(군불)은 방을 따뜻하게 하는 불인데, 따지고 보면 음식을 할 때 쓰는 불이 아니기에 정말 필요한 불은 아닌 것으로 생각한 모양이다.

배가 부르면 눕고 싶고, 누우면 자고 싶다. 예술은 의식주보다 중요하지 않으니 쓸데없는 것들이다. 하지만 굴룬불 같은 예술이 없다면 얼마나 추울까.

궨당

권당, 친척. 피붙이 친척이 아니어도
한 동네에 같이 살면 '궨당'으로 통한다.

몇 년 전 일이다. 총알택시를 탄 적 있다. 어떤 일이었는지는 기억나지 않는데 제주시에서 서귀포시까지 급히 가야 할 일이 생겼던 것 같다.

택시를 불러 탔더니 기사 아저씨가 대뜸 나에게 물었다.

"너, 택훈이 아니냐?"

난 얼떨결에 꾸벅 인사를 했다. 얘기를 들어본즉 내 고향인 거로마을 '궨당'이다. 명절과 문중 벌초 때 만나는 오촌 당숙이다. 어렸을 때는 명절날 먼 친척도 만났다. 마치 백석의 시 「여우난골족」처럼 큰고모, 대전 고모, 병호 삼촌, 소아마비를 앓았던 삼촌, 일본 삼촌, 경찰 근무하는 육촌 형, 4·3 때 부모 형제 다 잃고 '물애기'(젖먹이)로 혼자 살아남은 사촌 형님. 난 오촌 택시 기사가 잘 생각나지 않지만 그 분은 아버지의 안부를 묻고, 형들 이름까지 다 외고 있었다.

오촌 택시 기사는 서귀포에 무슨 일로 가느냐고 내게 물었고, 나는 급한 일이 있다고 말했다. 그러자 오촌 당숙은 핸들을 다잡고 눈빛에 힘을 주더니 엑셀을 밟았다.

"안전벨트 매라."

그리고 택시는 말 그대로 총알택시가 되었다. 난 오른손으로 손잡이를 꽉 쥐었다. 구불구불한 한라산 횡단도로를 빠른 속도로 달리니 마치 곡예를 하는 것 같았다. 낯선 농로로 들어가더니 비포장도로를 달리기도 했다. 지름길이었다. 그렇게 택시는 달렸고, 나는 늦지 않게 도착할 수 있었다.

당숙은 요금도 반만 받았다. 내가 요금을 내미니까 도로 반을 돌려준다. 거무스레한 피부의 당숙은 씩 웃어 보였다. 늦지 않게 도착한 택시 기사의 뿌듯함이 느껴졌다. 그 뒤 문중 벌초가 있을 때 그분이 보이지 않을까 유심히 봤는데 보이지 않았다. 아버지께 여쭈니 몸이 안 좋아 택시를 그만두었다고 한다.

깅이

게. 지역에 따라 '겡이, 궁이'라고도 한다.

현기영의 성장소설 『똥깅이』. 이 책엔 그 제목 말고 다른 제목이 떠오르지 않는다. '똥깅이'처럼 돌아다니던 유년. 현기영 소설가만이 아니라 나 역시 그런 시절을 보냈다. 이미 『지상의 숟가락 하나』라는 소설로 어린 시절의 제주를 보여준 그는 『똥깅이』로 좀 더 어린 아이들이 책을 읽을 수 있도록 다시 썼다. 그는 내 아버지보다도 두 살 위다. 그러니 어려울 수밖에. 본관이 같다는 것 외엔 그다지 인연이 없다. 제주작가회의 회원이라서 문학 행사 자리에서 여러 번 마주쳤지만 너무 경외의 대상이기에 나는 꾸벅 인사를 하고 자리를 피하기 일쑤였다.

그러던 중 한 번은 문학 행사가 끝나고 술자리에 따라갔다가 마주 보고 앉게 되었다. 무슨 말을 어떻게 해야 할지 몰라 안절부절못했다. 지금은 수염을 깎았지만 한때 수염을 길렀을 때는 헤밍웨이 느낌이 나서 더 어렵게 느껴졌던 소설가였다. 제주 문학의 어른이라 어렵고, 내 부족한 문학을 들킬까봐 조마조마했던 것 같다.

그러다 순배를 하듯 노래를 하게 되었다. 내 순서가 되었다. 당시 나는 '검정치마'라는 인디 가수를 좋아해서 그의 노래 몇 곡을 부를 수 있었다. 그런데 무슨 생각에서인지 내 입에서 군가가 나왔다. 정식 군가는 아니고 구전 군가이긴 하지만 4·3 문학의 횃불인 소설 『순이 삼촌』을 쓰고, 정보국에 끌려가 고문을 당하기도 했던 소설가 앞에서 군가라니. 아마도 정신이 나갔던 것 같다.

"은하수도 잠이 든 깊은 이 한밤. 휴전선 철책선만 깨어 있구나. 어머니 오늘밤도 편히 쉬소서. 이 아들 초병 되어 나라 지키어."

그 자리에서는 미처 몰랐는데 끝나고 집으로 돌아가면서 뒤늦게 무척 부끄러웠다.

'현기영 선생님은 무슨 생각을 하셨을까. 뭐, 이런 녀석이 다 있나, 속으로 나무라셨겠지.'

나는 골목 모퉁이에 주저앉아 고개를 떨구었다. 현기영 선생님과 나 사이에 철책선이 생긴 것 같았다. 넘을 수 없이 뾰족한 철망이 드리워진.

'똥깅이'는 제주도 바다에서 흔히 볼 수 있는 게다. 게딱지가 물렁물렁하고, 먹지 않는다. 나를 그런 '똥깅이'로 보고 그냥 넘어가주면 좋겠다. 하지만 그렇다고 물어볼 수도 없고.

제주도에는 숨은 소설가도 있다. 한그루 출판사에서 일하는 김지희 소설가. 2006년 한라일보 신춘문예에 「그 음악을 들은 적 있다」라는 단편으로 데뷔를 했지만, 그 뒤 그녀는 단 한 작품도 발표하지 않았다.

"지희 씨. 소설 쓴 거 있죠?"

나는 요즘도 가끔씩 그녀의 소설에 대해 묻는다.

"있기는 하죠."

김지희 소설가는 작은 목소리로 대답한다.

"그럼 발표도 하세요. 문예지에도 싣고, 소설집으로도 내세요."

"아직요."

"아니, 왜요?"

"부끄러워서요."

"괜찮아요. 그 정도면 작품 좋아요."

사실 나 역시 데뷔작 외에는 본 적이 없으나 등단작의 수준으로 봐서 고른 작품을 쓸 것이 분명했다.

이런 대화를 한 백 번은 한 것 같다. 그녀는 출판사 일을 하면서도 책을 많이 사서 읽는다. 출판사 일 때문에 바쁜 와중에 '트멍'(틈) 나면 쓰기보다 읽기를 주로 하나 보다. 그래도 나는 안다. 그녀가 쓴 단편 소설 여러 편이 그녀의 책상 세 번째 서랍에 있다는 걸. 언젠가는 꼭 열어볼 것이다. 판도라의 상자 같은. 김지희 소설가의 소설이 봉인 해제되는 날은 언제일까.

그녀의 고향은 월정리다. 지금은 찻집이 바닷가에 즐비한 그 마을. 그녀는 그곳에서 '섯깅이'를 잡았다고 한다. '섯깅이'는 바닷가 모래 속에 사는 게인데, 작지만 재빠르다. 제주도 월정 바닷가에서 태어난 김지희 소설가는 '섯깅이' 잡던 어린 시절을 말할 때는 여느 때와 달리 말이 빠르다.

"모래사장에 백 원짜리 동전만 한 구멍이 있는데, 거기에 막대기를 꽂아놓고 주위를 파내요. 그러면 어느 순간 숨어 있던 '깅이'가 나오는데, 나오는 순간 백사장을 아주 빠르게 달리기 때문에 모래를 파내면서 뭔가 걸린다 싶으면 우선 몸을 덮쳐서 잡아야 합니다. 바로 넘어진다고 생각하면 돼요."

게거품을 물며 너무 말을 빨리 한 김지희는 이내 지쳐 턱을 괸다.

작은 '깅이'는 생으로 간장에 재워 먹거나 볶아서 먹는다. '깅이'로 죽을 만들어 먹기도 하며, 보릿가루를 섞어 '깅이범벅'을 만들기도 한다. 제주 바닷가 바위 사이 얕은 물 속 돌을 들추면 발 돌돌거리면서 돌아다니는 '깅이'를 볼 수 있다.

이중섭 화가는 서귀포에 머무를 때 바닷게를 많이 그렸다. 먹을 게 없어서 주로 바닷게를 잡아먹었는데 그 게들에게 미안해서 바닷게를 많이 그렸다고 한다.

참고로 제주 바닷가의 비밀을 알고 싶다면, 조간대 해양생물 전문가 임형묵을 만나면 된다.

ᄀᆞ대

조릿대. 조릿대의 열매인 'ᄀᆞ대쏠'의 의미로도 쓰인다.

조릿대는 한라산에서 자생하는 키 작은 대나무인데, 그 작은 대나무에 열리는 열매인 'ᄀᆞ대쏠'은 수십 년 만에 한 번씩 아주 많이 열린다고 한다. 1948년에는 'ᄀᆞ대쏠'이 많이 열려 산사람들의 식량이 될 수 있었을까. 옛 문헌에 의하면 조선 숙종 때 제주도에 극심한 가뭄으로 보리가 여물지 못해 굶주림에 허덕이던 제주도 사람들이 이 'ᄀᆞ대'로 죽을 만들어 먹고 살아남았다고 한다.

제주도에는 인간 사전이 몇 있다. 걸어다니는 4·3 사전 강덕환, 걸어다니는 야생화 사전 김순남, 걸어다니는 민담 사전 김세홍. 세 명 모두 시인이다. 제주도에서 시를 쓰려면 자연히 제주도에 대해서 많이 알게 되는 거겠지. 나는 김세홍 시인과 가근하게(다정하고 친하게) 지낸다. 그와 얘기를 나누다보면 글 쓸 재료가 많이 생긴다. 확인되지 않은 얘기들도 꽤 있으나 그 정도는 걸러내야 좋은 얘기를 들을 수 있다. 'ᄀᆞ대'에 관한 민담도 김세홍 시인에게서 들었다.

"멜순과 함께 이 'ㄱ대'는 구황작물이었는데 이 'ㄱ대'로 말할 것 같으면……."

이야기는 그렇게 시작되었다. 그런데 김세홍 시인은 그 식물 이름을 제주어로는 알아도 표준어로는 모르는 경우가 많다. 어쩌면 그 점이 더 제주스럽다. 김세홍 시인의 얘기를 들으며 4·3 때 무장대들이 식량 부족한 한라산에서 'ㄱ대'를 먹으며 연명하는 모습을 상상했다.

김세홍 시인으로 말할 것 같으면 용담동 김훈이라는 별명답게 글도 잘 쓰고, 미남이다. 남제주군청 공보과에서 일하다 산불감시요원이 되고 싶다고 제주도청 녹지과로 갔다가 소나무 재선충병이 몰려와서 고생한 이력이 있다. 명퇴를 하고 군고구마 장사를 했다. 한라일보 신춘문예로 등단한 지 18년 만에 첫 시집을 냈다. 그때 남은 시집 봉투에 군고구마를 넣어 팔았다. 중국인 손님이 많아지자 동사무소에서 연 중국어교실에서 중국어 공부도 한 사람이다. 그런 그가 언젠가 내게 이런 말을 한 적 있다.

"빚 없는 삶이 최고의 삶이다."

그러고 보면 은행 대출을 비롯해서 너도나도 빚의 사슬에 매여 산다.

"산사람들은 조릿대에서 'ㄱ대'가 나기를 고대했겠지."

김세홍 시인은 그런 농담을 좋아한다. 그래야 이야기를 이어 갈 수 있다고 여긴다. 내 삶에도 빚 없는 날이 있을까. 그런 삶을 고대해도 될까.

내창
내[川].

물은 바다로 흘러가는데
길은 어디로 흘러갈까요
솜반천으로 가는 솜반천길
길도 물 따라 흘러
바다로 흘러가지요
아무리 힘들게
오르막길 오르더라도
결국엔 내리막길로 흘러가죠
솜반천길 걸으면
작은 교회
문 닫은 슈퍼
평수 넓지 않은 빌라
솜반천으로 흘러가네요
폐지 줍는 리어카 바퀴 옆
모여드는 참새 몇 마리

멘주기(올챙이)

송사리 같은 아이들
슬리퍼 신고 내달리다
한 짝이 벗겨져도 좋은 길
흘러가요
종남소, 고냉이소, 도고리소,
나꿈소, 괴야소, 막은소……
이렇게 작은 물웅덩이에게
하나하나 이름 붙인
솜반천 마을 사람들
흘러가요

- 「솜반천길」

    제주도 '내창'은 대부분 건천이다. 하지만 군데군데 물이 고인 곳도 있다. 한자로는 소(沼)라고 하는데 제주도의 소(沼)는 지명처럼 이름이 거의 다 있었다. 물이 부족했기에 용천수처럼 물이 나는 곳은 자연스레 이름이 붙었으리라. 서귀포 서초등학교 근처에 있는 솜반천은 여느 제주 하천과 달리 물이 많은 편이다. 물웅덩이마다 이름을 다 붙였다. '종남소, 고냉이소, 도고리소, 나꿈소, 괴야소, 막은소' 등. 어느 곳에서 놀고 있는지, 빨래를 하고 있는지 확인하기 위함이었을 터. 그만큼 물웅덩이는 생활과 밀접한 연관이 있다. 그러니 용천수 주변으로 마을이 형성되는 건 당연하다.

비가 많이 오면 물이 갑자기 불어나는데 그걸 '내창 터졌다'라고 말한다. '내창' 터질 때 목숨을 잃는 경우도 있다. 이름은 기억나지 않지만 내 또래의 친구가 별도천에서 놀다가 '내창'이 터져 미처 빠져나오지 못해 급류에 휩쓸렸다. 그 뒤로 '내창'에 가는 것이 한동안 금지되었다가 여름이 되자 다 풀려버렸다.

물이 고인 곳은 마을 아이들의 수영장이었다. '멘들락'(홀딱) 벗고 물에 들어갔다. 그곳에도 요즘 목욕탕처럼 남탕과 여탕의 구별이 있었다. 바닷물에 들어갔을 때도 물놀이가 끝나면 민물로 몸을 씻곤 했다. 별도천에도 물웅덩이가 있어서 그곳에서 놀았다. 그곳 이름은 '원남수'. '원남수' 가는 길에는 돌틈에서 흘러나오는 물이 있었다. 그 물 이름은 여자 음부를 가리키는 제주어인데 물 이름을 그렇게 부르는 점이 놀라웠다. 크거나 모양이 독특한 물웅덩이에는 저마다 이름이 있었다. 우리는 그 이름으로 서로의 위치를 알렸다. 친구의 얘기를 듣고, 형이 나를 찾아오는 식이었다. 물웅덩이에서 놀다가 목이 마르면 돌 틈에서 흘러나오는 물을 그냥 마셨다.

그때는 수돗물을 그냥 마셨다. 학교가 끝나고 집으로 가다가 목이 마르면 아무 집 마당으로 들어가 수도꼭지에 입을 대고 물을 마셨다. 지금 이렇게 편의점에서 물을 사 마실 거라고는 상상하지 못했다. 수도꼭지에서 나오는 물이 삼다수였으니.

'원남수'에서 놀 때 가장 나이 많은 고등학생 형의 그곳에 무성하게 난 털은 우두머리를 상징하는 표시였다. 나는 어서 빨리 내 그곳에도 털이 나기를 바랐다. 한두 개 난 친구는 드디어 털이 났다며 호들갑을 떨었다. 나는 그 녀석이 먼저 어른이 된 것 같아 기가 죽었다. 그러다 내 그곳에도 마침내 털이 났을 때 나는 환호를 질렀다. 그리고 나는 그날 오후에 '원남수'에 가서 옷을 다 벗고 당당하게 돌아다녔다. 얼굴을 들이대야 확인할 수 있는 크기였지만 나는 서열이 올라간 원숭이처럼 바위 위를 어슬렁거렸다.

'원남수'는 다이빙을 할 수 있는 구조라서 인기가 있었지만, 익사 사고도 가끔 있었다. 물귀신이 있다는 소문이 돌기도 했다. 헤엄을 치다 잠수를 할 때 물귀신이 발목을 잡는다. 그것을 뿌리치지 못하면 죽게 된다는 말을 들었다.

한번은 수면 위로 얼굴을 내밀고 헤엄을 치는 뱀을 보고 기겁을 한 적 있다. 우리는 비명을 지르며 바다 쪽으로 달렸다. 그런데 이젠 제주도 하천에서 뱀을 보기 어렵다. 버려진 농약병이 가끔 보일 뿐이다. 뱀도 개구리도 아이들도 없다.

문창과에서 공부할 때, 내가 쓴 두 번째 소설 제목이 「바람의 삽화」였다. '원남수'를 배경으로 한 소설이었다.

넉둥베기

윷놀이. 달리 '넉둑베기, 넉동베기'라고도 한다.

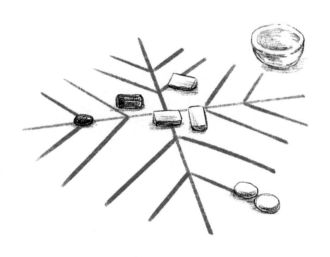

넷플릭스로 영국 드라마 〈빌어먹을 세상 따위〉를 보다 울었다. 그렇게 싫었던 아버지를 이해하는 장면에서. 아버지는 일찍 홀아비가 되었다. 재혼을 하려 했으나 나 때문에 실패했다. 사춘기였던 나는 새어머니를 받아들일 수 없었다. 나는 계속 새어머니를 떠밀었고, 그녀는 집에서 떠났다. 그럴 때도 아버지는 나를 나무라지 않았다. 아버지는 나를 크게 혼내는 법이 없었다.

아버지는 주위 사람들에게 '터미널 현 사장'으로 통했다. 과수원을 팔고 단란주점을 차렸지만 망했다. 그 뒤 무도학원을 동업으로 운영하기도 했지만 오래 가지 못했다. 아버지는 춤을 췄다. 제주 시외버스 터미널에 콜라텍이 있는데 매일같이 그곳에 가서 춤을 춘다. 술은 이제 끊었지만 춤은 끊지 못했다. 한때 주말마다 경마장에 다녔던 아버지는 젊었을 때부터 '넉둥베기'를 즐겼다. 제주도 남자들은 대부분 한량 기질이 있어서 으레 '넉둥베기'를 했다. 결혼식이나 장례식장 한편에서 '넉둥베기' 판이 펼쳐진다.

멍석을 깔아놓고, 술잔에 감귤나무로 만든 작은 윷을 넣고 던진다. 사내들은 그 멍석 주위에 빙 둘러선 채 윷을 던지거나 훈수를 둔다. 담배를 피기도 하고, 도감(결혼식과 장례식의 총괄자)에게서 바로 받아 온 돼지고기에 막걸리를 마시곤 한다. 아이들은 그 옆에서 '주왁거리다'(기웃거리다) 기분파 '삼춘'에게서 용돈을 받곤 한다.

아버지는 요즘도 로또를 산다. 아버지는 경마를 할 때나 로또를 살 때 내게 이렇게 말하곤 한다.

"재수보기로 하는 거지 뭐."

재작년에 아버지는 로또 3등에 당첨됐다. 운이 좋은 것처럼 보이지만 주택복권 시절부터 복권을 샀기에 재수가 좋은 거라고 말할 수 없다. 하긴 경마에서 400배 배당에 걸린 적도 있다. 아버지는 여느 때처럼 500원을 걸었다.

아버지는 이제 마흔 넘은 아들에게 여전히 4대보험 되는 곳

에 취직하라고 말한다. 아버지도 직장 생활을 오래 했으면 삶이
달라졌을까. 사료 공장에 다닌 몇 년 빼고는 이렇다 할 직장이 없
었던 아버지는 시 쓴다고 한량처럼 지내는 아들 걱정이 크겠지.

아버지도 고혈압이고, 나도 고혈압이다. 나는 '넉둥베기'를
하지 않지만 혹시나 하는 운수(運數)를 기대하며 살아간다.

2부

엄마는 한라산 용강에 묻혔다

넝끼리다

미끄러지다. 미끄러운 곳에서 밀려 나가거나 넘어지다.

한라산 횡단도로 지나는 버스. 버스가 입석동에서 섰다. 부근에 선덕사와 선돌선원이 있다. 선돌선원은 초가로 된 사찰이어서 봄에 꽃 필 때 가면 풍경이 근사하다. 하지만 지금은 겨울이라 그곳까지 가는 길이 가팔라 가기 힘들 것이다.

입석동 버스 정류장에서 스님 한 분이 탔다. 빈자리가 몇 없었다. 일요일이라 성판악에 가는 등산객들이 많았다. 겨울 산행이라 그런지 등산객 대부분 중무장을 했고 배낭에 걸어놓은 아이젠이 버스가 흔들릴 때마다 딸각거렸다.

516도로라 불리는 한라산 횡단도로는 한라산 옆구리로 서귀포와 제주시를 연결한 도로다. 겨울에는 눈이 많이 내려 통제가 되곤 한다. 겨울이 아니어도 구불구불한 도로 탓에 사고도 많이 나는 곳이기도 하다. 비가 오면 안개도 많이 낀다.

나는 일부러 가방을 내 옆 빈자리에 놓고 차창 밖을 내다봤다. 버스의 좋은 점은 시상이 잘 떠오른다는 점이다. 내 시의 반은 버스에서 출발했다. 음악을 들으며 차창 밖을 바라보며 상념에 젖으면 시가 내게로 온다.

　뒤쪽에 자리가 있는데 스님이 내 앞에서 헛기침을 했다. 나는 그제야 스님을 본 것처럼 놀란 몸짓을 보이며 가방을 내 쪽으로 치웠다. 회색 승복에 털신을 신었고, 털모자를 쓰고 있었다. 그런데 스님에게서 이상한 냄새가 난다. 그리고 승복 여기저기가 때에 절어 있었다.

　분명 술 냄새였다.

　'이 스님 어디서 이렇게 술을 마신 걸까.'

　입석동 부근에 있는 선돌선원은 스님들이 묵언수행을 하는 곳이라 들었는데. 술 냄새 때문에 차창을 열었더니 차가운 겨울바람이 들어와 도로 닫았다.

　스님이 말을 걸 것 같아 난 짐짓 눈을 감고 있었다. 성판악 입구에 이르자 설국이었다. 차창에 비친 스님이 어느새 눈을 감고 졸고 있었다. 버스는 눈길이라 서행을 했고, 승용차 몇 대 고랑에 빠져 있었다. 스님이 잠꼬대처럼 뭐라고 혼잣말을 하는 것 같았지만 잘 들리지 않았다. 난 궁금해서 그의 얼굴 쪽에 귀를 가까이 대보았다. 스님은 나지막하게 불경을 외듯 읊조리고 있었다.

　"추워서 한잔했지."

　순간 버스가 눈길에 살짝 '닝끼러지면서' 비틀거렸다. 정종 생각이 났다. 시에 대한 생각도 미끄러졌지만 나쁘지 않았다. 겨울엔 시보다 술이 더 대접받을 만하다.

폭설로 길이 끊긴 산중이면 더 좋겠지만
겨울 읍내 선술집에서 소주를 마셨어라
산판일도 없는 겨울,
툭 불거져 나온 힘줄이 머쓱했어라
겨울 실내적정온도와
소주 알코올 도수는 같은데
유리창에 낀 성에가 은종들처럼 아련했어라
내리려면 함박눈이 내리지
작업복 찌든 더께 같은 진눈깨비만 흩날렸어라
봉화댁 앞치마엔 기름이 잔뜩 묻어 있어
그 기름이 얼굴 누런 사내들의 선지피인데
사내들은 가마솥처럼 둥근 엉덩이에 대고 농을 치며
겨울 읍내의 저녁이 저물어갔어라
찌그러진 냄비에 담긴 조림 속 고등어와
나의 처지가 같은 것 같아 마음이 떼꾼해졌어라
내 고향에도 푸른 바다가 있어라
드르륵 선술집 문 여는 소리에
안에 있는 몇 사람의 시선이 한꺼번에 모아져
그리운 시선만큼 따뜻한
마음적정온도가 겨울 소주였어라
외로운 시선만큼 따뜻한
마음적정온도였어라

-「겨울 소주」

달무루

서귀포시 표선면 토산1리에 있는 작은 오름.

초저녁. 서점 유리문 밖에 달이 떠 있다. 분홍색 달이다. 닉 드레이크의 'Pink Moon'을 틀어놓고 멍하니 달을 본다. 달로 자전거를 타고 가는 시를 쓴 적 있다. 지구와 달의 거리는 약 384,000㎞. 지구와 달의 거리를 설명하기 위해 비행기, 기차, 자동차, 자전거, 도보로 얼마나 걸리는지 계산해서 나타낸 그림을 본 적 있다. 어린 시절 과학 백과사전에서 본 그 그림이 아련하게 남아 있다. 달은 멀리 있지만 마음먹으면 갈 수 있을 것 같은.

지구에서 달까지 자전거를 타고 가는 사람이 있다
그는 열심히 페달을 밟지만 체인이 없다
그래도 바퀴는 힘차게 돌아간다

무모한 일이라고 가지 말라고 말려도
그는 자전거 페달을 밟으며 달을 향해 달린다
뒤도 돌아보지 않고 달리는 경우도 허다하니

먹먹해서 밤하늘을 올려다보곤 하는 날도 있다

자전거를 타고 달에 가는 사람이 처음은 아니다
많은 사람들이 자전거를 타고 달에 갔다
하지만 모두 무사히 달에 도착했는지 알 수 없다
성층권만 지나면 자전거를 탄 사람이 보이지 않는다

잘 도착했다는 편지 한 장 온 적 없는데
간혹 나뭇잎을 흔드는 바람이나 삐걱거리는 구름을
그 사람의 편지라고 말하는 사람도 있다

달까지 자전거를 타고 가는 동안
그동안 달은 보름이었다가 그믐이 된다
기차는 녹이 슬고 아이는 입술을 깨문다

-「384,000km」

　　달은 매일 아주 조금씩 지구에서 멀어지고 있다고 한다. 우
리는 달과 매일 이별하며 살고 있다. 화가 강요배의 그림「두꺼
비, 토끼, 계수나무, 항아」를 보고 같은 제목으로 시를 쓴 적 있
다. 그 시는 그 그림에 대한 헌사였다. 항아는 불사약을 먹고 소
녀인 채로 달에 머물고 있다. 강요배는 그 그림을 덧칠해서 그렸

다. 솔가지, 나뭇잎, 풀잎 등에 물감을 묻혀서 그렸다. 정말이지 달은 시간이 덧칠해서 생긴 거잖아. 그러니까 저 달은 아주 오랫동안 사람들의 뼈와 살과 입김이 만들어낸 거다. 어디 사람뿐인가. 반딧불이도 달맞이꽃도 갈치도 모두 달이 된다.

나뭇가지가 저녁 바람에 흔들리면
별빛도 함께 흔들려요
사각사각 바람이 색칠한
여기 연못 있던 자리
연못이 하늘로 떠올랐나
돌멩이에 묻어 있는 검은 물감
칡넝쿨이 하얗게 성글어 벗어나가고
여우가 말한 솔가지가 생각나
또 물감을 적시지요
구긴 신문지 뭉치 가득한 저녁
얼룩덜룩 하루가 저물어가네요

네가 내 가슴을 문질러주겠니

저녁 바람이 그린 달이 막걸리 빛깔이네요
군데군데 풀벌레 소리가 덧칠한 풀숲
별은 누가 그린 하얀 편지들인가요
장화와 홍련이 나타날 것 같은 어스름

이야기들이 모여 두런두런 깊어가는

저녁의 물감 상자

맨발로 자전거 페달 밟는

항아

다악다악 하늘로 물들어가네요

- 「두꺼비, 토끼, 계수나무, 항아」

　달 속에 빠져 허우적대고 있는데 가게 문 여는 소리가 들린다. 반가운 얼굴이다. 한때 소설가를 꿈꿨으나 9급 공무원 시험에 합격해서는 고급독자로 살아가는 수진. 그녀가 화분 하나를 들고 왔다. 화분을 책상 위에 올려놓으니 분위기가 환하다. 쥐똥나무처럼 생겼는데 조금 다르다.

　"뭐 이런 걸 다 사오세요?"

　나는 내심 좋으면서 형식적으로 말했다.

　"오는 길에 꽃집에 들러 샀어요."

　꽃집에 들러 화분을 고른 그 마음이 보름달처럼 푸근하다. 작은 항아리처럼 생긴 화분이 예사롭지 않다. 화분이 마치 달 같고 작은 나무는 계수나무 같다. 분재 같기도 한데, 하루 종일 서점에 있으면 화분을 바라보는 재미가 쏠쏠하다. 화분에 있는 식물의 이름은 코로키아. 뉴질랜드가 고향이란다. 내가 주로 앉는 자리에서 정면에 화분을 놓았다. 다정한 벗이 생겼다. 달을 볼 수 있는 곳이라면 어디든 '달ᄆ루'지.

제주도에서는 기름진 땅은 '돌진밧'이나 '벨진밧'이라고 한다. 땅이 기름진 것은 달이 물들어 있고, 별이 떨어진 곳이기 때문에 그렇다는 것. 정말 낭만적인 생각이다. '돌진밧', '벨진밧'. 땅에서 하늘의 이치를 생각했던 제주 사람들.

도댓불

등대를 밝히는 불빛. '도대'는 근대식 등대로, 현무암으로
쌓아올리고, 그리 높지 않게 만들었다.
일본어 '도우다이(とうだい)'에서 온 말이라는 설이 있다.

내 마음의 '도댓불'. 나는 그 불빛 때문에 시를 쓰고 있다. 그
불빛은 작은 숲에서 빛났다. 지금은 운동 기구가 있는 소공원.
사라봉과 별도봉 사이로 난 산책길이다. 나는 좋아하는 사람이
있으면 꼭 그 사람 손을 잡고 그곳에 간다. 그곳을 보여주는 건
내 마음을 보여주는 것과 같기 때문이다. 그곳에 내 마음의 '도댓
불'이 불을 밝히고 있다.

나는 섬에서 태어났다. 하지만 섬이라는 인식을 구체적으로
한 것은 열세 살 무렵이었던 것 같다. 별도천에서 친구들과 놀던
나는 심심해져 무리에서 떨어져 나왔다. 친구들과 나는 주로 별
도봉에 올라 놀았다. 사라봉과 별도봉 사이에 북쪽으로 산길이
하나 있었지만 인적이 드물어 가 본 적 없었다. 나는 그때 어떤
용기에서였는지 그 길로 혼자 걸어 들어갔다. 그 길 끝에 바다가
있을 거라는 건 알고 있었다. 별도봉에 오르면 북쪽으로 바다가
내려다보이기 때문이다.

좁은 산길이 북쪽으로 나 있다. 처음에는 팔손이나무 군락지

가 있었다. 한 그루씩 서 있는 모습은 몇 번 봤지만 그렇게 같은 나무들이 우글우글 모여 있는 모습은 다른 세계에 가 있는 듯한 느낌을 받게 했다.

팔손이나무 군락지를 지나자 작은 종려나무 비슷한 나무들이 숲을 이루고 있었다. 백과사전에서 본 아열대라는 말이 떠올랐다. 원숭이나 코끼리가 나올 것만 같았다. 그날을 잊을 수 없다.

감귤 과수원집에서 태어난 나는 봄여름가을겨울 귤밭의 풍경을 보며 자랐다. 배를 타고 완도에 가거나 비행기를 타고 광주에 가본 적 있었지만 귤밭 풍경이 아닌 그 이국적인 풍경이 어린 나에게 아름다움으로 들어왔다.

그 모습이 내게는 아름다움으로 박혀 있다. 그래서 비파나무, 고무나무, 팔손이나무 등 아열대성 기후의 나무를 좋아한다. 집에 그런 나무들이 있는 화분을 놓고 싶은 마음이 강아지를 키우고 싶은 마음과 비슷하다.

사라봉과 별도봉 사이에 난 길을 그 후 가끔 가보곤 했다. 근처에 우당도서관이 있다. 도서관에서 시집을 읽다가 그곳으로 산책을 가곤 했다. 그곳에 가면 바닷가 벤치가 있다. 그 벤치에 앉으면 바다가 보인다. 저절로 헛된 꿈을 꾸게 된다.

낯선 풍경이 어떻게 아름다울 수 있는지 그 느낌은 훗날 내가 시를 쓸 때 낯선 아름다움의 기준이 되곤 했다. 여행을 갔을 때 그런 느낌을 받게 된다. 파타야도 그랬고, 마쓰모토도 그랬다.

그 길 끝에 등대가 있었다. 그리고 제주항으로 내려가는 길
에 '도댓불'이 있다. 내 마음의 '도댓불'은 그 길에서 처음 불을 밝
혔다.

돌킹이
부채게. 아무지고 주체성이 강한 사람을 부를 때도 쓴다.

　'똥깅이'와 함께 제주도 바닷가에 많았다. 집게다리가 몸에
비해 크다. 주로 바위틈에서 산다. 어렸을 때 남자아이를 부를
때 별명처럼 '돌킹이'라고 부르는 경우가 흔했다. '돌킹이'로 불
리는 사내아이는 모습이 다부지면서 저돌적인 성격일 때 그렇게
부르곤 했다. 그렇다고 영리한 것은 아니고, 힘으로만 밀어붙이
려고 할 때 그렇게 불렀다. 스포츠머리, 햇볕에 그을린 피부, 작
은 키, 살아 있는 눈빛, 우악스럽게 쥐는 주먹.

돌대가리와는 조금 다르다. 돌대가리는 무식한 사람을 보고 속되게 놀리는 말이고, '돌킹이'와 비슷한 말을 찾는다면 깐돌이가 있긴 하지만, 깐돌이보다는 더 부족한 사람을 칭하는 말인 것 같다.

"야, 돌킹이!"

"무사?"

부당한 일이 있으면 우리는 '돌킹이'를 찾았다. 그가 수고스러운 일을 처리해주었다. 고등학교 때 툭하면 단체 기합을 받았는데 그것에 대한 부당함을 말한 친구 역시 '돌킹이'였다.

"선생님. 반 전체가 벌을 서는 건 문제가 있다고 생각합니다."

'돌킹이'가 손을 번쩍 들고 선생님에게 말했다. '돌킹이'의 손은 깃발 같았다. 하지만 그 문제가 해결될 때는 거의 없었다. 우리는 저항한 것 자체에 희열을 느꼈던 것 같다. '돌킹이'에게 돌아오는 것은 선생님의 손바닥이었다. '뼈얌데기'를 맞은 '돌킹이'는 맞으면서도 눈빛이 살아 있었다.

학교마다 '돌킹이'가 있었고, 간혹 학교 선생님 중에서 '돌킹이'가 있었다. 학생들에게 인기가 없었지만 무던히 제 일을 하면서 교장 선생님 앞에서 당당히 말하는 선생님. 옷도 잘 못 입고, 머리를 잘 감지 않아도 뒤에서는 형편이 어려운 학생들을 돕기도 하는. 마치 김려령의 청소년소설 『완득이』에 나오는 똥주 선생님 같은.

'돌킹이'는 계산하지 않는다. 정의롭게 보이기도 한다. 내숭을 떨거나 뒤로 물러서지 않고 주체적으로 행동하며 앞에 나선다. 하지만 요즘은 '돌킹이' 식대로 살면 손해를 많이 보게 된다.

초등학교에 다닐 때 같은 동네에 '돌킹이'가 있었다. 머리는 늘 짧은 스포츠머리였다. 머리가 커서 특공대(특별히 공부도 못하면서 대가리만 큰)라는 별명도 있었지만, 우리는 '돌킹이'라 불렀다. 녀석은 특공대는 기분 나빠했지만 '돌킹이'는 그리 기분 나빠하지 않았다.

그 아이는 가난했다. 어느 날 '돌킹이'의 집에 갔더니 쌀을 생으로 먹고 있었다. 그것이 간식이라면서. 그 아이의 형 이름은 하필이면 김일성이었다. 우리는 '돌킹이'의 형 이름을 부르며 놀리곤 했다.

그러던 어느 날에 더는 참을 수 없었는지 유독 더 약오르게 놀리던 친구 한 명과 싸웠다. 그 친구는 우리 중에서 가장 '벨라진'(약삭빠른) 녀석이었다. 불도저 같은 녀석이 '벨라진' 친구를 때려 눕혔다. 코피를 흘리며 짜부가 된 '벨레기똥'은 부자였다. 우리는 '벨레기똥'을 편들었다. 그것에 '돌킹이'는 심하게 배신감을 느꼈던 것 같다. 그 후 녀석은 우리와 놀지 않았고, 다른 곳으로 이사를 가버렸다. 중학생 형과 싸워서 이겼다는 소문이 마지막이었다.

그 후 중학교에도 고등학교에도 '돌킹이'가 한 명쯤은 있었다. 그런데 언제부턴가 '돌킹이'의 명맥이 거의 끊긴 것 같다. 아마도 '돌킹이'처럼 행동하면 손해를 보게 되는 세상이 되었기 때문일 것이다. 적당히 수를 써야 하는 시대. 그 많던 '돌킹이'들은 다 어디로 갔을까.

동카름

한 마을 안에서 동쪽에 있는 마을을 가리킬 때 쓰는 말.

'동카름'에 사는 삼촌이 있었다. 나는 그 삼촌을 '동카름' 삼촌 혹은 일본 삼촌이라 불렀다. 그는 젊었을 때 돈 벌러 일본에 갔다. 일본에 가서 야쿠자가 되었다는 말을 들었다. 훗날 재일 영화감독 최양일의 영화 〈피와 뼈〉를 보며 일본 삼촌 생각이 났다. 그 영화는 제주도에서 오사카로 가서 괴물이 된 김준평이라는 인물에 대한 영화다. 기타노 다케시가 그 역할을 했다.

'동카름' 삼촌이 기타노 다케시처럼 과격하게 살았는지는 잘 모르겠다. 그가 고향에 돌아왔을 때는 몸이 많이 쇠잔해진 후였다. 신장이 안 좋아 투석을 했다. 어느 해 식당에서 크게 싸움이 났고, '동카름' 삼촌이 맥주병을 깼다. 그것이 마지막이었다. 혈기는 이내 식었고, 구부정한 자세로 대학병원을 다니며 늙어갔다.

제삿날에는 꼬박꼬박 참석하더니 점점 횟수가 줄어들었고, 어느 해부턴가 발길이 끊겼다. 그리고 꽤 오래 '동카름'에서 살았다. 투석을 하면서. '동카름' 삼촌은 그냥 '동카름'이 되어갔다.

내가 중학생일 때 아카데미 극장 앞에서 고등학생 형들에게 돈을 뺏긴 적이 있었다. 힘없이 터덜터덜 집으로 들어오는 것을 보고 마침 아버지와 낮술을 마시러 집에 온 '동카름' 삼촌이 내게 말을 걸어 내가 돈을 뺏긴 얘기까지 하게 되었다.

"그걸 그냥 뺏기냐. 그 자리에서 그냥 들이받아야지."

삼촌이 술잔을 움켜쥔 채 힘주어 말했다. 내가 고개만 숙이고 있자 삼촌은 말을 이었다.

"사내는 곤조가 있어야지."

곤조. 일본 말이다. 우리말로 하면 '근성'이다. 삼촌은 그 말을 할 때만은 구부정한 어깨를 순간 활짝 폈다.

'동카름' 가는 길에는 돌하르방 공장이 있었다. 어른 손가락만 한 돌하르방을 찍어내던 공장이었다. 그 공장 담벼락에는 불량품들이 잔뜩 쌓여 있었다. 목 잘린 돌하르방, 하반신이 없는 돌하르방, 혹이 난 돌하르방 등. '동카름' 삼촌도 그 돌하르방 사이에 섞여 있는 것만 같아 나는 '동카름'으로는 잘 가지 않았다.

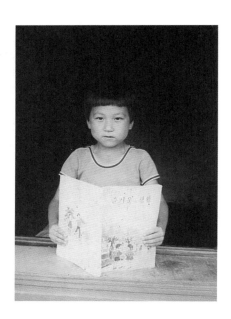

두리다

어리다.

내가 '두린아이'였을 때 일이다. 눈보라 치던 밤이었다. 상명 작은외삼촌 집에서 고림동 큰외삼촌 집까지 걸어갔다. 초등학교 4학년이었다. 무슨 생각으로 걸었는지 모르겠다. 다만 또렷하게 기억나는 장면이 몇 있다. 그것은 눈보라였다. 김성규 시인의 시 「너는 잘못 날아왔다」를 빌려 생각하면 눈보라들이 알 수 없는 세계에서 또 다른 어떤 세계로 날아가고 있었다. 나중에 예의 시 를 읽었을 때 어렸을 때 그 눈보라가 떠올랐다. 눈보라들이 중구

난방으로 몰아치면서도 한 가지 줄기로 흩날리고 있다는 걸 두 시간여 걸으며 알게 되었다.

고림동 큰외삼촌 집에 도착했을 때는 자정 무렵이었다. 큰외삼촌, 큰외숙모, 외사촌 누나들이 놀란 눈으로 나를 바라봤다. 그도 그럴 것이 나는 꼬마 눈사람이 된 채 현관문 앞에 서 있었다. 외사촌 누나들이 내 머리와 어깨에 쌓인 눈을 털어주었다. 젖은 옷을 벗고 팬티 바람으로 겨울 이불 속으로 들어갔다. 추워서 그랬는지 나는 누운 채 기도하는 자세로 잠들었다고 다음 날에 외사촌 누나가 말했다.

다음 날 아침. 잠시 수그러들었던 눈은 다시 기세를 올렸다. 근처에 선교사가 만들었다는 목장이 있는 금악리, 중산간마을 고림동의 겨울이 깊어갔다. 낮 최고기온 영상 36도를 기록했다는 오늘 서귀포에서 한림으로 가는 길에 고림동을 지났다. 땡볕 사이로 눈이 내릴 것만 같았다.

똘르다

따돌리다. 뚫다.

'칼이나 가위로 오린다'는 뜻의 제주어는 '동그리다'이다. '똘르다'는 마치 뚫어 그 부위를 없애버리기에 따돌리게 되는 것 같은 기분이 든다.

함께 놀다가 '똘라불민' 마음이 상하게 된다. 나는 어렸을 때 따돌림을 많이 당하는 편은 아니었다. 스스로 왕따가 되는 걸 즐겼다. 말하자면 자발적 왕따였다. 친구들이 나를 왕따로 만들기 전에 내가 먼저 알아서 왕따가 되곤 했다. 그래서 혼자 지내더라도 외롭다는 생각을 거의 하지 않았다. 오히려 그 외로움을 즐겼다. 그런데 객관적으로 보면 나는 왕따였다.

부루마블도 혼자 했다. 나 혼자 주사위를 던지고, 1인 3역을 할 때도 있었다. 나만의 놀이에 한참 빠져 있으면 친구가 귀찮을 정도로 혼자 있고 싶어진다. 내가 도시를 사고, 내가 건물을 세우고, 또 다른 내가 나에게 통행료를 지불하고, 또 다른 나는 나의 건물을 살까 말까 고민한다.

중학교 시절, 캠프파이어가 있던 날이었다. 버스를 타고 한 시간 정도 들어가서 도착한 작은 학교였다. 학교 이름은 생각나지 않고, 애월 즈음에 있었던 것 같다. 그곳에서 나는 모닥불이 불타오르는 걸 바라보다 혼자 옥상에 올라갔다. 그때 나를 따라 온 한 여학생이 있었다. 모닥불이 핀 운동장을 바라보고 있는데, 그 여학생이 내 옆으로 와서 말을 걸었다.

"너, 친구 없지?"

나는 그 말이 싫지 않았다. 어차피 나는 친구를 두고 있지 않다고 생각하고 있었기에 상실감이 없었다. 나는 대답하지 않았다.

"넌, UFO 믿니?"

내가 대답이 없자 여학생은 '두렁청훈'(어리둥절한) 말을 내게 했다.

"UFO?"

그 말은 무척 반가웠다. 나는 그즈음 UFO라는 종교에 빠져 있었다. 외계인 관련 책을 읽으며 언젠가는 UFO가 지구에 올 것을 믿고 있었다. 아니 이미 UFO는 지구에 여러 번 왔다.

내가 반가워하는 표정을 그 여학생은 느꼈는지 우리 둘은 금 방 친해져 친구가 되었다. 그 여학생의 이름은 생각나지 않는데 그 아이가 들려준 UFO 목격담은 생생하게 기억난다. 나는 고등 학생이 되어서야 UFO를 목격했기에 그 아이가 들려주는 이야기 는 별빛처럼 멀고 아름다운 이야기였다. 그날 옥상에서 부는 바 람은 우주처럼 신비로웠다. 수많은 별들이 다 친구처럼 느껴졌다.

운동장에선 학생들이 다 함께 노래 '바위섬'을 부르고 있었 다. 바위섬 지구에서 만난 그 아이는 결국 UFO에 탔을까.

랑마랑

-는커녕.

엄마가 자주 쓰던 말투였다. '-랑마랑', '-는커녕' 아무것도 없다는 말을 강조할 때 이 제주어 문법을 사용했다. 엄마는 말이 많았다. 내가 학교 끝나고 집에 오면 나를 마루에 앉히고는 낮동안 있었던 일을 내게 '소도리'(알리다, 소문 내다)했다. "상점엘 가신디…… 랑마란…… 메께라……." 엄마가 더 오래 살았다면 나는 시인이 아니라 소설가가 됐을 것이다.

엄마는 거짓말쟁이였다. 하지만 그 거짓말들은 이야기의 재미를 위한 말하기의 방식이었다. 그때는 몰랐지만 지금 생각하면 엄마는 이야기를 많이 만들어냈다.

내가 초등학생이었을 때, 앨범에 있는 흑백 사진을 보다 간호사 옷을 입은 엄마의 모습이 눈에 띄어 엄마에게 물었다.

"응? 아, 그거. 그럼. 간호사엿주게."

엄마는 옷에 단추를 달다 사진첩을 보며 말했다.

나는 엄마가 간호사였다는 게 자랑스러웠다. 며칠 뒤 아빠와 어떤 얘기를 하다 내가 엄마가 간호사였다는 걸 얘기하자 아

빠는 고개를 갸우뚱했다. 그래서 내가 앨범을 아빠 앞에 펼쳐 그 사진을 손가락으로 짚으며 다시 말했다. 하지만 아빠는 웃으며 말했다.

"아, 그 사진. 어떵 사료공장 댕길 때 사진이여."

흑백 사진이라서 작업복이 간호사가 입는 옷으로 보인 것이다.

또 한번은, 내가 엄마에게 버릇없이 굴자 엄마가 이런 신세 한탄을 했다.

"나가 늘 어떵 살려신디……. 어떵 생명의 은인한테 영 홀 수 이신고잉."

"생명의 은인?"

내가 놀라서 묻자 엄마가 들려준 이야기 속 엄마는 완전 영웅이었다. 내가 갓난아기였을 때, 엄마가 나를 구덕에 놓고 우물가에서 빨래를 하고 있었는데 내가 기어서 다니다 그만 우물 속으로 풍당 빠져버렸다. 그러자 놀란 엄마는 우물 속으로 다이빙을 해서 나를 구해줬다는 이야기.

안타깝게도 그 이야기가 진실인지는 끝내 물어보지 못했다. 엄마는 내가 중학교 2학년 겨울방학 때 연탄가스 중독으로 돌아가셨다. 겨울비가 추적추적 내리는 날이었다. 앰뷸런스에 실려가는 엄마는 시멘트처럼 딱딱했다. 나에게 해 줄 이야기가 너무 많았을 텐데 엄마는 굳게 입을 다물었다. 손을 잡으려고 해도 엄마의 손가락이 잘 펴지지 않았다.

가끔 "-랑마랑"이라는 말투를 쓰는 아주머니의 목소리가 들리면 고개를 돌려 쳐다보곤 한다. 엄마는 한라산 용강에 묻혔다.

막은창

막다른 골목.

나는 '막은창'을 좋아한다. '막은창'이 놀기 좋다. '막은창'으로는 차가 들어오지 않는다. 바람도 들어왔다가 바닥으로 가라앉는다. '막은창'은 그 골목 아이들의 놀이터다. '막은창' 시멘트 바닥에는 아이들이 그려놓은 선이 있다. 아이들은 깽깽이로 선을 넘었다.

누가 게임기라도 가져오면 구석에 둘러앉아 한 판을 하기 위해 기다렸다. 힘들게 온 기회인 한 판을 오래 가야 하는데, 마음처럼 쉽게 되지 않아 짜증이 나기도 했다. 땅거미가 질 때까지 놀고 있으면 집집마다 엄마들이 우리를 호명한다. 그러면 한 명씩 한 명씩 집으로 들어간다.

얼음불, 스카이콩콩, 배드민턴, 홀라후프, 줄넘기 등을 했다. 야구도 가능했다. 작은형이 야구공을 주우러 갔는데 개가 작은형의 팔목을 물었다. 개가 야구공을 물고 있었는데 형이 그 공을 꺼내려고 손을 내밀었다가 물린 것. 작은형은 비명을 지르며 그 자리에 주저앉았다. 개는 다시 공을 입에 물고 유유히 사라졌다.

작은형의 수난은 그 뒤 몇 번 더 있었다. 조각칼을 호주머니에 넣고 다니다 공이 날아왔는데 하필이면 조각칼이 있는 호주머니 부위에 공을 맞아 칼이 형의 허벅지를 찌른 적 있다. 또 여름날 해수욕장에 가서 놀고 있는데 어떤 사람이 쏜 작살이 형의 눈가를 스치고 지나갔다. 형은 눈 옆이 약간 찢어졌는데 하마터면 큰일 날 뻔했다.

작은형은 평발이었다. 그래서 친척들이 작은형보고 군대에 가지 않을 거라고 말했다. 작은형이 스무 살이 되어 신체검사를 받으러 갈 때도 우리 가족은 작은형은 평발이라서 군 면제될 거라 여겼다. 예상대로 작은형은 군 면제였다.

"평발 때문에 면제된 거지?"

아버지가 작은형에게 대수롭지 않게 말했다.

"발 때문이 아니고, 부동시렌마씀. 짝짝이눈이렌 헴수다."

초등학생 때부터 경운기 운전을 했던 작은형은 실업계 고등학교를 졸업하고 건축 현장을 전전하다 설비 일을 시작했다. 동업을 하자는 사람의 꾐에 넘어가 사기를 당해 돈을 잃기도 한 작은형은 이제 곧 나이가 쉰인데 아직 결혼을 못 했다.

작은형의 취미는 낚시다. 어쩌면 작은형은 바다라는 '막은창' 앞에 앉아 마음을 비우고 있는 것 같다. 작은형은 동부두 방파제에 자주 가는데, 방파제 끝은 '막은창'이나 마찬가지다. 그런데 작은형이 낚시를 가서 집에 돌아올 때 물고기를 들고 오는 걸 본 적이 거의 없다.

"작은형. 물고기 잡지는 않으멘?"

내가 작은형에게 물었다.

"무사 안 잡느니. 갈 때마다 잡주."

작은형이 낚시도구를 손질하며 내게 말했다.

"겐디 무사 물고기가 엇수광?"

"그 자리에서 소주에 회 쳐 먹엇주."

내일도 작은형은 동부두 방파제 끝에 앉아 소주 한 잔 들이켜고 안주를 찾아 낚싯대를 바다에 드리울 것이다.

모살

모래.

　　모슬포에 벌초를 간 적 있다. 처가 쪽 친척이라 자주 가지 않는 곳이다. 모슬봉이 가까워지다가 멀어졌다. 모슬포에는 오래된 건축물이 많다. 강병대 교회는 한국전쟁 당시 모슬포에 설치된 육군 제1훈련소에 설립되었다. 현무암으로 쌓아올렸다. 일제가 태평양전쟁의 최후의 결전지로 삼으려고 했던 알뜨르 비행장도 모슬포에 있다.

　　그곳에서 아내의 먼 친척 얘기를 들었다. 4·3 당시 9연대 소속 군인이었던 사람과 결혼한 할머니. 9연대는 모슬포에 주둔해 있었다. 할머니의 남편은 말이 군인이지 수악 주둔소를 만드는 일을 주로 했다. 무장대를 토벌할 때도 그는 탄약을 나르는 일만하고 총을 쏘는 일은 하지 않았다고 한다. 하지만 그때 죽은 무장대를 치우는 일을 하면서 심한 죄책감을 느꼈다고 한다.

　　결국 그는 탈영했다. 탈영 전에 가족들을 가파도로 대피시켰다. 잡히면 죽을 거라 여겨 산으로 들어가 무장대가 되었다. 용케 살아남아 감시를 피해 가파도에 들어갔지만 군인들이 가파도까지 들어오는 바람에 잡혔다. 그 후 할아버지는 행불자가 되었다.

아내도 처음 듣는 말이었다. 가파도에 친척들이 있는 까닭을 물으니 듣게 된 대답이었다. 아내의 고향은 서귀포 스모루이지만 본적은 모슬포다. 모슬포는 유난히 항거의 역사가 짙다. 1901년 제주민란을 주도한 이재수, 4·3 당시 인민유격대장 김달삼. 둘 다 대정(모슬포) 사람이었다.

내가 여기에 살고 있는 것은 나의 의지가 반영된 게 아니다. 역사에 따라 흘러간 조상들의 거취에 따라 나는 태어났고 기거를 하고 있다. 구름이 흘러가는 곳은 어디일까. '모살'처럼 흩어져 살아가는 우리.

돔박고장(동백꽃)

몰멩지다

숫기가 없다. 똑똑하지 못하다.

나는 '몰멩진' 아이였다. 학교 선생님들은 나를 별로 좋아하지 않았다. 심부름을 하나 해도 똑부러지게 행동하지 못했으니. 박철의 시 「영진설비 돈 갖다주기」의 주인공처럼 나는 심부름 임무를 받고 몇 시간 동안 시간을 보내곤 했다. 막내라서 심부름이 나의 주된 일이었으나 그 임무를 신속 정확하게 수행하지 못할 때가 많았다.

내가 살던 동네에 어묵 공장이 있었는데, 엄마가 500원짜리 동전 하나를 주며 어묵을 사오라고 심부름을 시키곤 했다. '허천바래지'(다른 데를 보다) 않고 '구짝'(곧장) 가면 왕복 30분인 거리를 나는 2시간 정도 걸리는 게 예사였다.

"택훈아, 오뎅 좀 사오라."

엄마가 말할 때 나를 바라보는 눈빛에는 나에 대한 신뢰가 없었다. 언제부턴가 급한 일은 작은 형에게 시켰다. 어묵 공장까지 가는 동안 '내창'도 있고, 놀이터도 있었고, 우리가 이름 붙인 여우동산도 있었다.

내가 중학생이었을 때 나의 유일한 '자파리'(장난)는 낙서였다. '몰멩진' 아이가 할 수 있는 거의 유일한 취미였다. 운동을 못하니 축구나 농구에도 잘 껴주지 않았다. 한번은 쉬는 시간이었던 것 같다. 여느 때처럼 나는 공책에 낙서를 하고 있었다. 전화기에 대한 낙서였던 것 같다. 마침 교생 선생님이 지나가다 내 낙서를 보고 말을 걸었다. 수업 시간에 집중하지 않을 때 지적하기 위해 내게 말을 거는 선생님은 있지만, 쉬는 시간에 말을 거는 선생님은 처음이었다.

"무슨 글이니?"

대학교 4학년인 교생 선생님은 큰누나 또래의 나이였다. 키가 크고 짓궂은 남학생들은 교생 선생님을 놀리는 경우도 있었는데, 수업 시간에 한 녀석이 '역불로'(일부러) 낯 뜨거운 말을 해서 얼굴이 빨개졌던 선생님이었다. 나는 깜짝 놀라 손으로 공책을 가렸다.

"괜찮아. 내가 봐도 될까?"

교생 선생님이 내 공책을 들어 읽었다. 이제 혼날 일만 남았구나, 생각하며 나는 고개를 숙이고 있었다.

"시를 썼구나."

나는 너무 놀라 고개를 들어 교생 선생님을 빤히 바라봤다.

"네? 시, 시라구요?"

나는 작은 목소리로 교생 선생님에게 말했다.

"전화기를 의인화했구나."

교생 선생님이 웃으며 말했다. 나는 어색해서 머리를 긁적였다.

　　시라는 말은 알고 있었지만, 그날부터 시라는 낱말이 설레었다. 나는 한 번도 시를 쓴다는 생각을 한 적 없는데, 시라고 말해 주다니. 내가 쓰는 낙서가 시가 될 수 있다니. 그때부터 나는 장래희망란에 '시인'이라고 적었던 것 같다. 학교 도서관에 가서 책한 권을 빌렸는데 그건 윤동주의 시집 『하늘과 바람과 별과 시』였다. 어머니가 돌아가시기 전에 내게 선물로 준 책은 이원수의 동시집 『너를 부른다』이다.

　　살면서 교생 선생님을 바라보는 마음이 들 때가 있다. 좋은 마음이 있는데 잠깐 만나 헤어져야 하는 상황. 그 사람의 이름이라도 기억하고 싶지만 그러지 못하고 돌아서야 하는 경우가 많다. 그런 경우일 때 나는 또 그 교생 선생님이 떠오른다. 중학생때 잠깐 만난 그 교생 선생님 때문에 나는 이렇게 시를 쓰고 있다. '돌멩진' 아이에게 관심을 가져준 그 교생 선생님은 어디에서 무얼 하고 계실까.

　　그 선생님이 교생 실습 기간이 끝나 학교를 떠나는 날이 되었다. 그날 나는 마지막 인사를 하는 선생님을 보며 엉엉 울었다. 여학생도 아닌 남학생이 울자 담임선생님이 난처해했다. 지음(知音)이라는 말이 있다. 내 마음을 알아 준, 내 마음의 악기를 발견해 준 그 선생님이 떠나는 뒷모습을 보며 나는 주위 시선은 아랑곳없이 통곡했다.

물보라

서귀포시 남원읍 수망리의 옛 이름. 물우라.

수망리의 옛 이름을 알고부터 수망리는 내게 구름 위의 마을이 되었다. 나는 구름 보는 걸 좋아한다. 내가 고등학생이었을 때 학교 뒤뜰에 너럭바위가 하나 있었다. 나는 그 바위 위에 누워 흐르는 구름을 보는 걸 좋아했다. 졸업을 할 때는 그 바위 위에 다시는 누울 수 없게 된 게 아쉬웠다. 봄날에 햇빛을 받아 따뜻해진 바위는 따뜻한 요를 깐 것 같았다. 햇빛이 눈부시면 눈을 감았다. 한번은 졸음이 밀려와 잠이 들었는데 수업 시작종을 듣지 못한 채 잠에 빠졌다가 크게 혼난 적이 있다.

요즘은 내가 일하는 회사 건물 옥상에 올라 하늘을 올려다본다. 옥상에 의자가 몇 개 놓여 있다. 옥상은 몇몇 사람의 흡연 장소로 쓰이는 곳이다. 나는 담배를 피우지 않는데 담배를 피우는 사람들은 내가 담배도 피우지 않으면서 옥상에 올라와 의자에 앉아 있으면 의아하게 생각한다. 나의 취미생활을 아는 사람들은 웃으며 나를 맞이해 준다. 아침에 봤던 구름의 모양이 낮에 달라졌다.

구름이 흘러가는 모습을 지켜보면 마음이 가벼워진다. 걱정이 있을 때는 구름을 보면 고민거리가 옅어진다. 창문을 열고 보는 구름과 들판에서 올려다보는 구름은 같은 구름이라고 해도 느낌이 다르다. 하얀 구름은 깨끗하고 맑아서 좋다. 그렇다고 회색 구름을 싫어할 필요는 없다. 회색 구름은 비구름을 만날 수 있는 만남의 구름이다. 구름이 비가 되어 내리기 때문이다. 구름은 빗소리로 소리를 낸다.

구름은 다 비슷해 보이지만 그 종류가 다양하다. 권적운, 권운, 권층운, 적란운, 고적운, 적운 등. 양털 모양의 작은 덩어리 구름은 권적운이고, 줄무늬 모양의 구름은 권운이다. 파란 하늘 미술관에 구름 전시회가 열리곤 한다. 우리가 사는 세상에도 다양한 사람들이 살아가듯 하늘에는 여러 모양의 구름이 있다. 구름들은 흩어졌다 모아지기도 하고, 사라졌다 어디선가 홀연히 나타나 하늘에 떠 있기도 한다.

구름의 모양을 분류한 사람은 루크 하워드다. 그는 원래 약사였다. 구름의 아름다운 모양에 반한 하워드는 매일 구름을 보며 구름 일기를 썼다고 한다. 그렇게 구름을 좋아해서 연구하다 보니 어느새 그는 기상학자가 되어 있었다. 그는 평생 구름에 이름을 붙이고 분류를 했다. 그 이름은 현재 세계적으로 쓰이고 있다.

사실 우리는 매일 일기를 쓰고 있다. 매일 공장에 나가 일을 하는 사람은 공장 일기를 쓰는 셈이고, 매일 식당에 나가 일을 하는 사람은 식당 일기를 쓰는 셈이다. 무엇이든 계속하다 보면 그 분야의 전문가가 된다. 루크 하워드가 좋은 본보기다.

낭만주의 시인 퍼시 셸리는 「구름」이라는 시를 썼다. 그의 시 「구름」을 보면 구름을 "대지와 물의 딸"이라고 표현했고, 구름에 대해서 "죽음을 모른다"라고 말했다. 그와 결혼한 해리엇은 남편이 철학자 윌리엄 고드윈의 딸 메리와 사랑에 빠지자 연못에 투신자살한다. 그 후 셸리는 메리와 결혼하는데 얼마 가지 않아 요트 사고로 익사한다. 사랑과 인생이 구름과 같다.

물의 순환처럼 한세상 살다 가는 구름들. 물의 순환을 보여주는 구름. 우리는 구름을 보며 삶의 순환을 느끼게 된다. 물은 하늘로 올라가 구름이 되고 구름은 비가 되어 땅과 바다로 내린다. 구름은 하늘 높이 있지만 물의 순환을 생각하면 구름은 우리와 함께 있다. 구름을 보는 시간은 무념무상의 시간이다. 이 도시의 낮 동안 그대로 숨 쉴 수 있는 건 구름이 있기 때문이다. 구름을 보는 시간은 무념무상의 시간이긴 하지만 때로는 구름 모양에 그리운 사람이나 좋아하는 걸 대입해 보며 행복한 마음을 가질 때도 있다. 치열한 경쟁과 냉정한 관계 속에서 구름은 도시의 낮을 따뜻하게 덮어주는 이불 같은 부드러움을 우리에게 선사한다.

먹구름이 비가 되어 내리면 세상은 물보라로 뒤덮인다. 비 오는 날엔 제주도 전체가 수망리다.

물웨
물외.

여름을 건너려면 '물웨'가 있으면 좋다.

"여름을 건너가려면 딱정벌레처럼 발소리를 줄이고, 달팽이
처럼 느리게 걷고, 마음은 느티나무 잎사귀 뒤쪽처럼 서늘해야
한다."

안도현 시인의 말이다. 그런 마음도 좋지만 '물웨'만 있으면
된다. 겨울은 춥다고 웅크리고, 봄은 꽃 보느라 정신없다가 이제
여름이다. '물웨'를 씹으면 입안 가득 물이 흥건하다. 그것은 시

원한 물보라 같다. 겨울엔 이글루 같은 이불을 뒤집어 쓴 채 군고구마를 먹고, 봄이 오면 처음 교복을 입고 어색하게 웃는 학생들처럼 부끄러워 볼 빨개진 꽃들이 피고, 여름엔 모든 살아 있는 것들의 잔치인 양 부글부글 끓어오르는 것들이 있다. 그래서 여름엔 '물웨' 하나만 먹어도 시원하다.

일본 작가 미야자와 겐지의 동화 「나메모토 산의 곰」에는 엄마 곰과 아기 곰이 나온다. 아기 곰 코주로는 건너편 계곡에 핀 목련꽃을 보고 눈이라고 엄마 곰에게 말한다. 그 대화 중에서 엄마 곰은 다음과 같이 말한다.

"엄마는 엉겅퀴 싹을 보려고 어제 저쪽을 지나갔다."

엉겅퀴 싹을 보려고 건너편 계곡까지 가서 살피는 엄마 곰은 봄을 맞이할 자격이 충분하다. 여름을 맞이할 자격으로는 '물웨'만 있으면 된다. 월동 준비라는 말은 있지만 여름은 준비한다는 말은 없다. 선풍기나 에어컨을 청소하거나 구멍 난 방충망을 손질하는 정도겠지. 준비가 없는 것은 맨몸으로 나설 수 있기 때문이다. 온몸으로 받아들이면 가능하기 때문이다. '물웨'만 있으면 된다.

이제 6월. 여름이 출발한다. 이 여름기차는 여름 한복판을 달릴 것이다. 눈부신 하늘과 나뭇잎에 빛나는 햇살 사이를 지나 바다 멀리 가 닿는 그곳까지.

버렝이

벌레.

두점박이사슴벌레. 우리나라에서는 제주도 곶자왈에만 산다는 사슴벌레. 몸 색깔은 마치 잘 익은 감귤 빛깔이다. 이 두점박이사슴벌레는 멸종위기야생동식물등급 2급 곤충이다.

멸종위기야생동식물등급은 환경부에서 지정해 보호를 하고 있다. 늑대, 반달가슴곰, 사향노루, 산양, 담비, 물개, 삵, 하늘다람쥐 등이 멸종위기라고 한다. 제주 곶자왈에도 멸종위기야생동식물이 있다. 황조롱이, 매, 독수리, 두견이, 팔색조 등 천연기념물이 살고 있다. 붉은해오라기, 벌매, 말똥가리, 긴꼬리딱새, 비바리뱀 등도 곧 사라질지 모르는 친구들이다. 멸종위기식물 중 하나인 개가시나무는 곶자왈에서 다른 나무들과 함께 숲을 이루고 있다.

곶자왈이 있어서 제주도가 숨을 쉴 수 있다. 곶자왈이 파괴되면 우리의 마음이 파괴되는 것과 같다. 제주에 사는 우리가 숨 쉴 수 있는 숲이 파괴되고 있다. 우리의 마음이 멸종 위기다. 곶자왈에 있는 썩은 나무도 함부로 치우면 안 된다고 한다. 사슴벌레 애벌레가 썩은 나무 속에서 살고 있기에. '버렝이' 하나 함부로 할 수 없다.

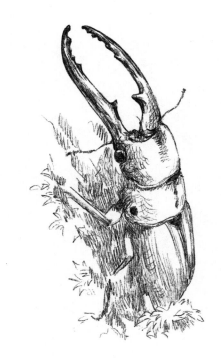

3부

제주의 새들은 제주어로 울까

베지근ᄒᆞ다

고기 따위를 끓인 국물 같은 것이 맛이 있다.

　나는 국수를 좋아한다. 내가 국수를 좋아하는 것은 내 근원 속에 공동체에 대한 희구가 있기 때문이다. '베지근ᄒᆞ' 고기국수 한 그릇에 마을이 다 들어 있다.

　내 전화번호가 바뀌어 나와 연락이 어렵게 된 친구 재준은 나를 찾아 제주도 국수 가게를 다 돌 궁리를 했다고 한다. 내가 워낙에 국수를 좋아해서 국숫집을 할 것 같았다는 것.

　나는 면 음식을 좋아한다. 예전에 KBS에서 〈누들 로드〉라는 다큐를 방송한 적 있었는데, 우연히 그 영상을 본 나는 국수야말로 인류의 근원적인 음식이라는 걸 확신할 수 있었다.

통일이 되면 북에 가서 가장 먼저 국수를 먹고 싶다. 남북이 통일을 이루려면 분수령을 넘어야 한다. 시원하게 이어질 통일의 분수령은 어디 있을까.

평안북도 정주. 시인 백석의 고향이다. 「여우난골족」, 「고야」, 「국수」 등의 시는 평안도 말을 통해 민족의 공동체를 노래했다.

함경북도 경성. 시인 이용악의 고향이다. 식민지의 슬픔을 「풀벌레 소리 가득 차 있었다」라고 노래했다.

「산유화」, 「먼 후일」, 「진달래꽃」 등의 시로 유명한, 우리가 민족시인이라 부르는 김소월은 평안북도 구성이 고향이다.

'결혼을 한다'는 말을 흔히 '국수 먹는다'라는 말로 바꿔 하는데, 새로운 가족이라는 공동체를 만드는 계기가 국수 먹기다. 서귀포에는 영장 치를 때 국수를 먹는 풍습이 아직 남아 있다. 서귀포의료원 장례식장에서는 으레 국수가 나온다. 한 사람은 생을 마감하지만 그 공동체는 계속 이어지기를 바라는 마음에서 국수를 먹는 게 아닐까.

백석, 이용악, 김소월을 북한 시인이라 규정하지 않는다. 당연히 우리나라 시인이다. 우리가 여전히 백석, 이용악, 김소월의 시에 공감하는 것은 우리말로 우리의 정서를 노래하고 있기 때문이다. 모두 국수를 먹고 시를 쓴다.

"이 희수무레하고 부드럽고 수수하고 슴슴한 것은 무엇인가/겨울밤 쩡하니 닉은 동티미국을 좋아하고 얼얼한 댕추가루를 좋아하고 싱싱한 산꿩의 고기를 좋아하고/그리고 담배 내음새 탄수 내음새 또 수육을 삶는 육수국 내음새 자욱한 더북한 삿방 쩔쩔 끓는 아르굴을 좋아하는 이것은 무엇인가//이 조용한 마을과 이 마을의 으젓한 사람들과 살틀하니 친한 것은 무엇인가/이 그지없이 고담하고 소박한 것은 무엇인가."

백석의 시 「국수」 중 일부분이다. 언젠가 마주 앉아 먹어야 할 '베지근한' 국수. 따라 나온 깍두기 아삭아삭 씹으면 아주 시원해질 것이다. 평양에서는 평양냉면을 먹고, 함흥에서는 함흥냉면을 먹고, 평북 구성에 가서 진달래꽃을 한아름 안아볼 날이 언제일까.

제주에서는 고기국수가 유명하다. 제주시에 국수거리가 있을 정도로 제주도 사람들은 국수를 사랑한다. 북한 사람들도 제주도에 와서 고기국수 맛 좀 봐야지. 국수 가닥 길게 철길처럼 펼쳐진다.

사족 하나. 짜장면을 먹을까, 짬뽕을 먹을까 고민하듯 제주에서는 고기국수를 먹을까, 비빔국수를 먹을까 고민하게 된다.

보그락이

포근하게 잘 부풀어 오른 모양.

"그 잔디 위로 토끼풀이 '보그락이' 올라와."

박순동 선생님은 초등학교 선생님이다. 교래분교 운동장에 해마다 봄이면 토끼풀이 섬을 이루는 이야기를 내게 들려주었다.

"운동장에 있는 잔디를 행정실 선생님이 아주 깨끗하게 깎아주시지. 마치 이발하는 것처럼. 그리고 얼마 지나지 않아 토끼풀이 그 잔디 위로 올라와."

박순동 선생님은 중간놀이 시간이나 점심시간 휴식 시간에는 아이들과 함께 축구를 한다. 공을 찰 때는 토끼풀을 피해 찬다.

"그런데 행정실 선생님이 그 토끼풀마저 기계로 깎아버려. '검질'(잡초)이라고. 아이들이 '검질' 아니라고 해도 말이지."

전교생이 스무 명 남짓. 박순동 선생님은 운동 신경이 뛰어나진 않지만 아이들 세계에서는 골 넣는 골키퍼로 통한다. 나는 그 학교에 방과 후 수업을 갔다가 얼떨결에 함께 축구를 했다.

나는 뚱뚱해서 잘 뛰지도 못하는데 축구선수가 꿈인 3학년 재훈이가 나보고 축구를 잘한다고 말했다.

"그 토끼풀 섬은 마치 토끼섬 같아. 그 문주란(文珠蘭) 가득 핀 토끼섬 있잖아."

박순동 선생님은 어선을 타고 토끼섬에 간 적이 있다고 했다. 그때의 그 아름다운 모습을 잊지 못한다고 말했다.

"그 토끼섬이 원래 하도마을 사람들이 토끼를 길러 토끼섬이라 불리게 됐는데, 언제부턴가 아프리카에서 온 씨앗이 그곳에 정착해 문주란 섬을 이룬 거야."

박순동 선생님은 첼리스트 지윤과 함께 뚜럼브라더스라는 이름으로 제주어 노래를 하는 가수이기도 하다. 교래분교 아이들은 모두 우쿨렐레를 들고 제주어 노래를 부른다. '제비', '빙떡', '알작지', '우리 몬딱 소중해' 등의 제주어 노래들은 무척 '아꼽다'(귀엽다).

"그 토끼섬 같은 토끼풀섬이 여기 교래분교 운동장에 해마다 봄이면 생긴다니까."

나는 박순동 선생님의 얘기를 들으며 토끼풀섬 속에 들어가 한 보름 정도 살고 싶다고 생각했다.

"그 잔디 위로 토끼풀이 '보그락이' 올라와. 그러면 운동장 곳곳에 섬들이 생기는 거야. 섶섬, 문섬, 범섬 같기도 하구."

토끼풀섬과 토끼섬에 대한 감탄을 멈추지 않는 박순동 선생님은 아이들이 부르는 소리를 듣고 다시 축구공이 있는 쪽으로 뛰어갔다. 나는 '보그락이' 올라온 토끼풀섬에게 함함하다(예쁘다) 말해주었다.

올해 교래분교 운동장에 핀 토끼풀섬은 박순동 선생님과 아이들이 잘 지키고 있는지 모르겠다. 그들이 잘 지키고 있는 제주어처럼.

본치

상처 또는 부스럼 따위가 아문 뒤의 그 흔적.

가난을 제재로 한 시를 만나면 끌어안는다. 그런 생각은 우울한 생각일까. 시인은 우울한 생각을 하는 게 숙명인가. 사회의 구조를 확인하는 일은 가슴을 답답하게 한다. 시인은 슬픔과 자꾸 부딪친다. 모서리에 부딪치면 아프다. 상처가 생긴다.

모서리 같은 성격으로 사는 사람도 있다. 그 사람만을 탓할수는 없다. 조심스러운 성격의 사람은 상처를 많이 받은 사람일 수 있다. 모서리에 많이 부딪치면 말이 없어지는 걸까. 아픔을 노래하는 시인들은 대개 말이 없는 것 같다.

눈물이 흐르는 건 눈물방울이 둥글기 때문이다. 눈물방울에 모서리가 있다면 얼마나 아플까. 우리는 살면서 부딪치고 상처를 받는다. 그런데 이 모서리는 다른 무엇과 부딪치면서 점점 둥글게 된다.

결국 맞추기 위해 모서리를 깎아야 한다. 하지만 모서리는 점점 날카로워진다. 시인들은 모서리에서 시 쓴다. 모서리에 찔리거나 부딪쳐 상처가 생겼다 아문 그 자리를 사람들은 시라고 부른다. 시와 본치는 같다.

김사이 시인의 시집 『나는 아무것도 안하고 있다고 한다』를 읽고 든 생각이다.

몇 해 전 대전문학관에서 진행된 낭독회에 초청된 적 있다. 대전에서 문학 공부를 한 인연을 생각해 불러준 대전문학관이 고마웠다.

그때 나는 "저는 시가 없는 세상이 아름다운 세상이라고 생각합니다."라고 말했다. 아픔이 없으면 시가 없어도 된다고 생각해서 한 말인데 분위기가 가라앉았다. 시가 사라져도 된다는 말을 어떻게 할 수 있느냐는 말도 작게 들렸다. 질문 시간에 내가 한 말을 반박하는 말도 들었지만 나의 생각은 여전히 변함이 없다. 시로 위로할 아픔이 더 없다면 시는 사라져도 좋다.

부에

화. 부아.

1987년. 친구 재봉이와 함께 아카데미 극장에 영화 보러 가던 길이었다.

"어이! 거기!"

골목길 쪽에서 누군가 우리를 불렀다. 돌아보지 않고 그냥 갔으면 어쩌면 그 일이 없었는지도 모른다. 순진한 우리는 고개를 돌렸다. 고등학생 형들이었다. 우리보고 가까이 오라고 손짓을 했다. 그때라도 도망쳤으면 됐을걸 순진한 나와 친구는 순순히 그들에게 갔다.

"야, 돈 좀 빌려줘라."

예상대로다. 이미 몇 번 돈을 뺏겨 본 적이 있는 나였다. 수법이 비슷했다. 그냥 달라고 하지 않고, 빌려주라고 한다. 나중에 걸려도 빌린 것으로 하려는 모양이었다. 언제 봤다고 빌려주라는 말인가. 게다가 갚을 리가 없다.

"영화 볼 돈밖에 없는데요."

내가 대답했다.

"그 돈 빌려줘."

돈을 건네지 않으면 주먹으로 때릴 것 같아 나는 호주머니에서 꼬깃꼬깃하게 접힌 지폐를 꺼냈다.

"넌 돈 없냐?"

고등학생 형이 재봉이에게 물었다.

"없는데요."

"영화 보러 왔다면서 넌 없는 게 말이 되냐?"

"없는데요."

고등학생 형이 친구의 호주머니를 살폈다. 정말 돈이 없었다. 결국 우리는 풀려나 다시 버스 정류장 쪽으로 걸어갔다.

걸어가면서 내가 재봉이에게 물었다.

"너 돈 안 가져왔어? 오늘 각자 돈 내서 영화 보기로 했잖아."

"가져왔지."

"응? 어디에 잘 숨겼구나!"

"아니, 아까 그 형들한테 갈 때 돈을 슬쩍 하수구 속에 버렸어."

"정말? 아니, 왜?"

"그 형들에게 뺏길 바엔 차라리 버리는 게 나아."

"이야! 대단하다!"

그런 재봉이가 왠지 멋있어 보였다.

나는 영어 시간에 교과서 표지에 적힌 'MIDDLE SCHOOL ENGLISH 1'에 조각칼로 흠집을 냈다. 1987년 6월 민주항쟁이

난 해였다.

제주서림에 영어 문제집 사러 가다 아카데미 극장 부근에서 만난 고등학생 형들을 또 만났다. 난 지난번에도 뺏겼으니까 이번엔 돈을 주기 싫었다. 그래서 없다고 거짓말했다. 형들은 내 옷에서 돈을 찾아냈다. 결국 돈도 빼앗기고 거짓말했다고 두들겨 맞았다. 형이 동생을 때리는 건 흔한 일이니까.

그 후 어른이 되어 다시 만난 우리는 어린 시절 그때처럼 가끔 만나 영화를 봤다. 재봉이는 회사원이었고, 나는 백수였다. 이런저런 얘기를 하다가 중학생 시절에 돈 뺏긴 일을 말하게 되었다. 그런데 재봉이가 무슨 고백처럼 내게 말했다.

"사실 그때 너가 맞고 있는 거 봤어."

"응?"

"맞는 거 보면서도 너한테 가지 못하고 피했어."

"그땐 어렸는데 뭘."

"미안해."

"무슨 그런 일로 미안하다 그러냐."

우리는 이제는 메가박스로 바뀐 그 극장에서 영화 〈트랜스포머: 패자의 역습〉을 함께 봤다. 지구의 운명은 오토봇 군단에게 달려 있었다. 물론 팝콘에 콜라도 먹으면서.

벤줄
병귤.

　요즘에는 한라봉, 천혜향, 레드향 등 다양한 귤이 제주도에서 난다. 그래도 가장 흔하게 먹는 귤은 온주밀감이다. 이 온주밀감은 일본에서 들어왔다. 그런데 제주도에서 오래전부터 재배했던 귤이 있다.

　제주도 예전 집 마당에는 팔삭이나 병귤을 심었다. 내가 유년 시절을 보낸 화북 우리 집 '우영팟'(텃밭)에는 '벤줄'이라 부르던 병귤이 있었다. '벤줄'은 제주도가 원산인 것으로 알려져 있다. 모양은 백열등처럼 생겼다. 세로로 주름이 많이 나 있다. 병 귤나무는 '우영팟'에 한두 그루 심었기에 요즘처럼 전정을 할 필요가 없었다. 그래서 지붕보다 더 높이 자라는 경우도 흔했다.

우리 집 병귤나무도 키가 컸다. '우영팟'엔 병귤나무가 있었고, 비파나무도 있었다. 병귤나무와 비파나무. 나는 그 나무 아래에서 자랐다. 5월에는 귤꽃이 피고, 10월에는 비파꽃이 핀다. 나는 벌처럼 그 꽃 주위를 붕붕거리며 돌아다녔다.

제주시 도련동에는 수령이 200년가량 된 병귤나무가 있는데 국가지정문화재 천연기념물로 지정되어 있다. 우리 집에 있던 그 병귤나무도 그대로 뒀다면 천연기념물이 됐을지도 모를 일이다.

병귤은 '약귤'이라 불렸으며, 텃밭에 심었다가 기력이 쇠했을 때 약으로 먹는 귤이었다. 비파나무 열매는 마음껏 따 먹어도 뭐라 하지 않았지만 병귤나무는 우리 집의 보호수였다.

하지만 요즘은 병귤나무를 보기 힘들다. 서귀포 감귤박물관에 가야 볼 수 있다. 할아버지가 병석에 누워 있을 때 애석하게도 가을이어서 약으로 만들 수 없었다. 병귤나무를 보면 할아버지가 생각난다. 내게 대나무 활, '생이총' 만드는 법을 알려준 할아버지. 젊으셨을 때는 한의학을 공부했으나 뜻을 이루지 못했다. 할아버지는 아침마다 책을 소리 내어 읽었다. 한문으로 된 책들이었는데, 내게 천자문을 가르치기도 했다.

내가 아직 덜 익은 '벤줄'을 따서 먹으려고 하면 제사상에 올릴 거라며 지청구를 놓던 할아버지. 제사가 끝나고 며칠 지난 어느 날이었다. 할아버지가 나를 불렀다. 할아버지가 방에서 '벤줄' 두 개를 꺼내 내게 내밀었다.

"돌코롬헐 거여."

할아버지가 돌아가시기 전날, 나를 불러 당신의 다리와 팔을 주물러 보라고 했다. 팔다리가 시멘트처럼 딱딱했다. 안마를 받던 할아버지가 눈물을 흘렸다. 아마도 팔다리에 감각이 없어서 그랬던 것 같다. 할아버지 주름진 손 위에 놓여 있던 노란 '벤줄' 이 떠오른다.

생이

새.

　내가 생각할 수 있는 곳까지가 먼 곳이다. 새는 날아갈 수 있는 곳까지 날아가며, 우리는 우리 자신을 그곳까지 날지 못하는 걸 탓한다. 날아갈 수 있는 곳. 생각할 수 있는 곳. 그곳까지 새가 살고, 내가 생각할 수 있는 범위다.

　철쭉에 대해서 백과사전을 살펴보다 '우수리'라는 지명을 접하게 되었다. 철쭉의 분포도는 한국, 중국, 우수리로 되어 있다. 우수리. 우수리는 러시아의 중국의 국경 부근에 있는 우수리강이라는 강 이름에서 나온 말이다. 아무르강의 아무르처럼.

우수리강은 길이가 1,000킬로미터 가까이 되는 긴 강이다. 근처에 시베리아 횡단열차가 지난다. 살쾡이의 분포 지역은 우수리, 중국 북동부, 한국, 시베리아다. 나는 철쭉 핀 산기슭에 있는 살쾡이를 떠올려 보았다. 우수리는 시베리아호랑이의 주 서식처이기도 하단다. 우수리의 시호테알린 산맥은 한반도의 백두대간과 이어져 있다. 고구려의 세력 범위였으며, 발해는 그곳에 동경을 세웠다. 조선시대에는 두만강을 건너 그곳으로 이주하는 사람들도 있었고, 이후 일제강점기에는 항일 독립운동의 거점이기도 했다. 올해 봄에도 우수리에는 철쭉이 피어 있겠지.

우리는 흔히 자유롭게 날아다니는 새를 부러워한다. 하지만 새 역시 날아가는 범위에 한계가 있다. 그러니 새를 마냥 부러워만 할 필요는 없다. 내 생각의 범위 역시 이 마을을 넘지 못한다. 멀리 가면 아득해져버린다. 내가 새라면 텃새일 것 같다. 철새를 꿈꾸지만 여기에 머물러 있다.

    지훈이 성은 코피를 자주 흘렸다. 툭하면 코피가 났다. 엄마
는 형을 임신했을 때 태교를 잘 하지 못한 탓이라면서 형에게 미
안해했다. 엄마는 형에게 여러 가지 민간요법을 써봤지만 나아
질 기미를 보이지 않았다.

    학교가 끝나고 집에 와보니 마루 한편 광주리에 오리 한 마
리가 있었다. 오리는 목을 길게 뺀 채 어리둥절한 표정이었다.
'토끼 농장에 이어 오리 농장이 되는 건가.' 오리의 먹이를 생각하다 배고파 부엌으로 가서 미숫가루를 꺼내 물에 타서 마셨다.

"느만 마셤나?"

어디에 있었는지 지훈이 형이 팔짱을 낀 채 내 앞에 섰다.

"형도 먹젠?"

나는 빈 그릇을 형 얼굴 앞에 내밀며 약올렸다.

형과 나는 자주 싸웠다. 아주 사소한 것으로도 싸웠다. 냉장고에 하나 남은 아이스크림 때문에 싸운 적도 있다. 서로에게 심부름을 떠넘기며 싸우기도 했다.

"이상한 사람이네."

"이상한 사람? 그럼 내가 간첩이냐?"

반공 교육이 여전하던 1980년대 초반이었기에 간첩이라 칭하는 것이 가장 큰 욕인 시절이었다.

형과 나의 싸움은 말싸움으로 끝나지 않고, 주먹다짐이 오가기도 했다. 한 살 터울이라 더 그랬다. 그러다 형의 코에서 피가나면 나는 엄마에게 크게 혼났다.

"지훈아."

뒤뜰에서 엄마가 형을 불렀다. 마루로 나가보니 오리가 보이지 않았다. 형이 뒤뜰로 가고, 나도 따라 가보았다.

뒤뜰에는 오리가 비파나무에 매달려 있었다. 하얀 목이 덩굴 같았다. 어머니 손에는 식칼이 들려 있었다. 엄마가 식칼로 오리의 목을 벴다. 오리의 목에서 피가 뚝뚝 떨어졌다. 엄마는 미리 준비한 사발로 피를 받았다. 오리는 꽥, 하고 소리를 지르는 것 같았지만 소리가 나지 않았다.

"지훈아. 혼저 왕 이거 마시라."

엄마가 오리 피 가득 든 사발을 형에게 내밀었다. 나는 그 자리에서 얼음처럼 굳어버린 느낌이었다. 형이 망설이자 엄마가 채근했다.

"혼저 마시라게. 경헤사 코피 안 난다."

형은 마치 사약을 받아든 것처럼 얼굴을 찌푸리며 오리 피를 들이켰다. 내가 오리 대신 꽥, 하고 비명을 질렀다.

그 후로 형의 코피가 멈췄다. 수도꼭지를 꽉 잠근 것처럼 더는 코피가 나지 않았다. 엄마로부터 들은 바에 의하면, 옆 마을에 사는 심방(무당)으로부터 들은 대로 실행했다는 말이었다.

형은 착하다. 형이 중학교 2학년일 때. 전화벨이 울려서 내가 전화를 받았다. 수화기 너머의 목소리가 형 아는 사람이라면서 형을 바꿔 달라고 했다. 전화를 받은 형은 아주 깍듯하게 대답했다. 전화를 끊고, 내가 누구냐고 묻자 졸업한 선배라고 했다. 무슨 일로 전화를 한 거냐고 물으니 형은 아무렇지 않게 대답했다.

"응. 학교에 불 지르라고 하네."

정말 불을 지를 것처럼 덤덤하게 대답했다.

사실 형은 중1일 때 친구의 꼬드김에 넘어가 집 마당에 있는 종려나무를 불태운 전과가 있었다.

형은 중학교에 불을 지르진 않았다. 그 협박 전화는 몇 번 더 오다가 말았다.

실업계 고등학교에 간 형은 용접을 하다 불꽃이 눈에 들어가 응급실에 갔다. 입원해 있는 형을 보고 "형은 불과 인연이 많아." 라고 분위기 안 맞게 말했다가 아버지로부터 꿀밤을 맞았다.

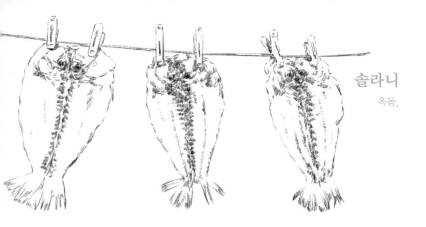

솔라니

옥돔.

서귀포 씨 오늘은 어딜 가나

서귀포시 구 시외버스터미널 옆 카페 우군

버스 몇 대 놓쳐도 괜찮아

유리가 없다면 깨질 걱정을 하지 않듯

투명한 벽을 만들진 않으니까 서귀포 씨

칠십리 펼쳐진 머리칼을 쓸어올리면

칠십리 주유소 그곳에서 이어지는 길

유동 커피 마시며 오르는 오르막길

지치면 이중섭거리에 이중섭처럼 주저앉지

달나라에서 바라보지 않더라도 서귀포 씨

바람과 나뭇잎이 뜨개질로 연결된 프랑스 수예점

살아 있는 책과 함께 산책하는 산책 논술 교습소 돌아

시간이 턱을 괸 카세트테이프 도는 예음사

에서 흘러나오는 음악을 흥얼거리며,

입속에 넣고 굴러보는 서귀포 씨

삼매봉 도서관에 가서 며칠 연체된 책 반납하고
시공원 벤치에 앉아 햇빛에 눈 감지
죽은 시인들과 함께 시에스타 서귀포 씨
어깨에 묻은 별빛 가루 털어내지 서귀포 씨
마음만 먹으면 몇 분 만에 바다로 갈 수 있는

-「서귀포 씨 오늘은」

나는 서귀포 여자랑 결혼한 이후 서귀포를 사랑한다. 제주도
는 한라산을 중심으로 산북과 산남으로 나뉜다. 두 곳의 기후는
다르다. 산을 넘으면 바람이 달라진다. 날씨가 다른 경우도 종종
있다. 맑은 날 제주시에서 우산을 갖고 다니는 사람이 있다면 서
귀포에서 넘어온 사람일 것이다. 서귀포 가는 길은 천천히 가도
좋다. 한라산 횡단도로는 구불구불해서 속도를 내기도 어렵다.

나기철 시인도 서귀포를 사랑한다. 나기철 시인 아내의 고향
이 서귀포인지는 잘 모르겠다. 나기철 시인은 도서관과 서귀포
를 사랑하는 시인이다. 그의 시「서귀포에는 내가」를 보면 서귀
포에 사랑하는 여자를 몇 두고 있다.

"서귀포에는 내가/삼매봉이라고 부르는 여자가 있다/어느
날 찾아가/시와 그림을 보고/한 바퀴 돌아 내려와/새섬 앞 통통
배 소리처럼/떠내려가는 나를/잡아 주던/그 봉우리 같은."

나기철의 시「서귀포에는 내가」중 한 부분이다. 그는 아무

목적도 없이 가끔 서귀포에 와서 여기저기 둘러보다 목욕을 하고 제주시로 되돌아가곤 한다.

나 역시 서귀포에 대한 시가 몇 편 있다. 「서귀포 씨 오늘은」은 서귀포 시내를 걸어다니는 사람의 동선을 그려본 것이고, 「서귀포 자매」는 천제연폭포와 천지연폭포에 대한 이야기다.

나는 서귀포 여자랑 결혼했다. 고등학교 때 오락부장이었다는 아내는 듀스의 음악에 맞춰 춤을 췄다고 한다. 뭐 확인할 방법이 없으니 믿을 수밖에. 나도 중학생일 때는 육상부였다. 종목은 1,500미터였다. 역시 아무도 믿지 않겠지만.

제주도는 한라산을 기준으로 문화도 차이가 있다. 산북으로 시집온 산남 여자는 제삿날 뭇국을 끓였다. 어렸을 때부터 쇠고기미역국을 갱(羹)으로 올리는 모습만 봐온 나는 옥돔을 넣은 뭇국이 새로웠다.

"뭇국에 옥돔을 넣었네."

"옥돔? 아, 솔라니!"

서귀포에서는 옥돔을 '솔라니'라 부른다. 같은 제주도라도 동서남북이 다른 낱말이 있다. 고둥을 산북에서는 '보말'이라 하고, 산남에서는 'ㄱ메기'라 부른다. 제주도에서는 '빙떡'과 '솔라니'를 함께 먹는 음식 풍습이 있다. '빙떡'의 심심함은 '솔라니'의 짭짤함과 어우러져 맛이 난다. 구운 '솔라니'를 손으로 뜯어 김이 모락모락 나는 '곤밥' 위에 얹으면 마음이 다 고와진다.

'솔라니'라는 이름은 제주도 동서남북 지역마다 조금씩 달라

'솔나니, 솔래기, 오토미, 오톰셍셍' 등으로 부른다. 일찍이 나비 박사 석주명은 나비 따라다니듯 제주어를 따라다니며 『제주도 방언집』이라는 책을 냈는데, 그 책에 보면 제주의 각 지역마다 다른 제주어를 세심하게 표시해 놓았다. 제주어로 시를 쓰다 보면 평양 태생의 생물학자 석주명에게 경의를 표할 수밖에 없다. 그 역시 따뜻한 밥 위에 손으로 찢은 '솔라니'를 얹어 한입에 삼켰으리라.

메역(미역)

검은 숙대낭. 그 검은 그림자 같은 나무. 그 나무가 무서웠
다. 귀신도 무엇도 아닌 나무가 무섭다니 말이 안 된다고 생각하
겠지만 그 나무는 내게 공포를 일러주었다. 언덕 위에 있는 나
무 한 그루. 바람이 많이 불어서인지 한쪽으로 쏠려 있었는데 늙
고 힘없어 보였다. 하지만 꾸부정한 그 모습이 음산한 분위기를
풍겼다. 그 언덕 앞을 지날 때는 가느다란 나뭇가지가 손을 뻗어
내 뒷덜미를 잡을 것만 같아 서둘러 걷곤 했다. 그 언덕은 해도

일찍 지고, 언덕 위 하늘엔 늘 먹구름이 끼어 있는 것 같았다. 맑은 날에도 그쪽은 흐린 날로 보였다.

마을 어귀에 한 할머니가 혼자 사는 집이 있었다. 그 집 앞을 지날 때 백 살즈음 되어 보이는 할머니를 보면 어린 우리들은 기겁을 하며 달아났다. 백발이 성성한 할머니가 머리카락 길게 늘어뜨리고 마당에 허리를 굽힌 채 지팡이를 짚고 서서 우리 쪽을 노려보는 모습은 간을 콩알만 하게 만들었다.

TV에서 방영되는 〈전설의 고향〉이 공포의 한 축을 담당하던 시절이었다. 할머니한테서 들은 옛날이야기는 대개 으스스한 이야기들이 많았다. 또래 아이들에 의해 구전되는 괴담도 한몫했으리라. 그런 공포 이야기가 실타래처럼 뭉쳐져 그 언덕 나무 앞을 지날 때면 무서운 이야기 뭉치가 내게 데굴데굴 굴러왔다.

그 소나무나 백 살 할머니만큼이나 직접적으로 스산한 분위기를 풍기는 곳이 별도봉 자살바위다. 정말 누군가 자살한 곳인지는 알 수 없으나 자살하려는 사람들이 뛰어내리는 데가 그곳이라는 말이 돌았다. 한번은 호기심에 자살바위 밑을 내려다보았다. 마침 그 바위 밑 바다에는 죽은 물고기가 떠올라 있었다. 나는 또 기겁을 하며 줄행랑을 쳤다.

나는 겁이 많았다. 과수원집에서 태어났지만 바람이 삼나무 나뭇가지 흔드는 소리에 잠을 못 이루곤 했다. 그런데 시간이 흐르면 흐를수록 그 공포마저 그리움으로 바뀌니 이상한 노릇이다. 검은 그림자 같은 삼나무도, 백발이 성성한 백 살 할머니도,

자살바위 아래 죽은 물고기도 이제는 그리운 공포가 되고 있다. '숙대낭'이 방풍림으로 둘러싼 그 과수원집이 공포의 집이라고 해도 삼나무가 있는 풍경을 보면 윤동주 시인이 별을 헤아리듯 삼나무 한 그루 두 그루 다 헤아릴 수 있을 것만 '같아부난'.

숙대낭(삼나무)

숨비소리

해녀들이 물질을 하다 물속에서 물 밖으로 올라와

가쁘게 내쉬는 숨소리.

숨부기낭(순비기나무)

　제주는 민요의 보고(寶庫)다. 제주 민요가 풍성하게 전승될 수 있는 건 섬이기에 가능한 일일 것이다. 제주 민요는 섬 밖으로 나가지 않고 섬 사람들과 함께 어우러져 소리를 이어왔다.

　추포도에 간 적 있다. 추자도에서 행정선을 타고 갔다. 그 작은 섬에는 한 가족이 살고 있다. 추자십경 중에서 추포어화(秋浦漁火)라는 말이 추포도에 적용되는데 물고기가 꽃처럼 보일 만큼 황금어장이라는 뜻이다. 그래서 지금도 낚시꾼들이 많이 찾는 섬이다.

　제주 바다에 사는 물고기들은 이름도 제주어인 경우가 많다.

'솔라니'(옥돔), '코셍이'(고생놀래기), '어렝이'(어렝놀래기), '메역치'(미역치), '고질멩이'(학꽁치), '곰새기'(돌고래), '물꾸럭·뭉게'(문어) 등.

제주의 새들은 제주어로 울까. 교래분교에서 박순동 선생님과 '드릇뽕낭'(산뽕나무) 열매를 먹고 있었는데, 어디선가 새 우는 소리가 났다. 그래서 소리가 나는 곳을 쳐다보니 까마귀였다. 그런데 평소 듣는 까마귀 소리가 아니었다. 까악까악 울지 않았다. 그 소리는 "아고게, 아고게."로 들렸다. '아고게'는 '아이고나'라는 뜻의 제주어이다. 제주어를 하는 까마귀를 만났다.

우리는 너무 궁금한 나머지 새 박사 김완병 선생님께 전화해서 물어보니 그 소리는 짝짓기할 때 내는 소리라고 했다. 까마귀가 여러 상황에 따라 내는 소리가 다르다는 걸 그때 알았다. 그러고 보니 야시마 타로의 그림책 『까마귀 소년』이 떠올랐다. 소년은 산에서 살면서 까마귀가 내는 여러 가지의 소리를 알아챈다.

제주에 살면 제주어를 자연스럽게 사용하게 된다. 산에 사는 까마귀 소년이 까마귀 소리를 따라하듯 제주에 살면 제주의 소리를 내게 된다.

추자도 근처에 있는 섬 추포도에는 해녀 모녀가 산다. 어머니의 고향인 추포도에서 대를 이어 물질을 하는 해녀 딸은 엄마 따라 숨비소리를 내며 산다.

제주도 바닷가에는 '숨비기꽃'이 핀다. 꽃도 제주에서는 제주어로 핀다.

제주어가 '숨비소리' 같다.

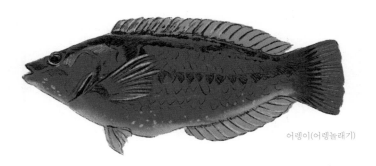

어렝이(어렝놀래기)

코셍이(고생놀래기)

물꾸럭·뭉게(문어)

127

아껍다.

귀엽다. 사랑스럽다. 소중하고 귀한 아름다움에 어울리며,
주로 아이들을 대할 때 많이 쓴다. 제주어를 잘 모르는 사람은 '아니꼽다'로
들을 수 있기에 조심해야 한다.

종달리라는 이름 참 '아껍다'. 종달새의 마을 같다. 가시리라
는 이름도 참 '아꼬운'데, 종달리는 종달새가 지지배배 지저귀고
있을 것만 같은 마을 이름이다. 종달리는 새 이름 종다리와도 비
슷하다. 종다리는 우리나라 밭에서 흔하게 볼 수 있는 텃새였는
데 최근에는 보기 어렵다고 한다.

최근 제주에는 '아꼬운' 서점들이 많이 생겼다. 작은 책방들이
다. 길을 걷다 서점을 만나면 멸종위기의 새를 보는 것처럼 반갑
다. 종달리 마을 근처에 철새도래지가 있는데 이 종달리에 날아
온 새 한 마리 같은 책방이 있다. 바로 '소심한 책방'.

이 책방은 종달리 마을 어느 부분에 상점 하나 있을 것 같은
지점에 위치해 있다. 제주로 이주한 사람들이 감귤 창고나 농가
를 선호해서 오래된 건물들을 그대로 살려 리모델링해 카페나
가정집으로 이용하는데, '소심한 책방'은 가정집을 서점으로 만
들었다. 그래서 처음 들어가면 마치 외가나 옛 친구의 집에 들어
가는 기분이다. 작은방이었을 자리에 책들이 가득 있다. 그냥 그

자리에 주저앉아 책을 읽고 싶어지게 만드는 공간이다.

마을 골목길에 있는 '소심한 책방'을 찾기는 의외로 쉽다. 종 달리는 한적한 농촌 마을인데, '소심한 책방'을 찾아가는 사람이 늘 몇 명 있으니 그들을 따라가면 된다. 밖에는 여느 제주 농촌 의 집처럼 돌담이 있고, 주위 집과 어우러져 눈에 잘 안 띈다. 서 점도 소심하게 있다. 그것은 마을에서 너무 도드라지지 않으려 는 마음 때문일 것이다.

'소심한 책방'에도 독립서점의 특성에 맞게 서점 운영자의 안 목으로 선정한 책들이 대부분이다. 인문학과 예술 위주의 책들 이 주로 있는데, '소심한 책방'이라는 이름과는 안 어울리게 과격

한 성향의 아나키스트 책들도 보인다. 어쩌면 소심한 척하면서 원대한 혁명을 꿈꾸고 있는지도 모른다. 독립서점을 한다는 게 어디 소심한 마음으로 할 수 있는 일인가.

'소심한 책방' 외에도 '아끼운' 서점들이 제주도에 많다. 우도에는 '밤수지맨드라미', 함덕에는 '오줌폭탄'과 '만춘서점', 제주시 원도심에는 '라이킷'과 '미래책방' 상명리에는 '소리소문' 등. 모두 여린 새처럼 몸을 오들오들 떨며 앉아 있다. 너무 '아낍다'.

만약에 제주 책방 투어를 하신다면 뚜럼브라더스 앨범에서 이가은 양과 안지범 군이 부른 노래 '우리 몬딱 소중해'를 들으며 다녀보시라. '몬딱'은 '모두'를 뜻하는 제주어다. 소중한 서점들이 더 마음에 와닿을 것이다.

그리움은 아시아시날에 옹송그리고 있다. 꿈에 할아버지가
보였다. 거의 십 년 만에 나타난 것 같다. 나는 너무 반가워 할아
버지를 불렀지만 할아버지는 너무 멀리 있었다. 할아버지는 뒷
모습을 보이며 어딘가로 걸어가고 있었다. 나는 달렸다. 가까이
가서 할아버지의 어깨를 잡았다. "할아버지!" 할아버지가 고개
를 돌렸는데, 얼굴이 아버지의 얼굴이었다.

죽은 사람들이 꿈에 나타나면 반갑다. 꿈속에서라도 엄마를
한번 만나고 싶다. 꿈꾸는 동안만이라도 생시인 양 느낄 수 있기
때문이다.

내 어머니는 연탄가스 중독으로 돌아가셨다. 1989년 2월, 늦

겨울이었다. TV에서 연탄가스로 인한 사망 소식을 접하면서 아주 먼 나라 얘기처럼 여겼다. 〈유머1번지〉나 〈일요일 일요일 밤에〉 같은 코미디 프로그램을 보다 잠들었겠지. 아침에 엄마의 얼굴은 돌처럼 굳어 있었다.

엄마는 처음 몇 년 동안은 꿈에 자주 나타났다. '말째외삼촌'이라고 불렸던 막내외삼촌은 단 한 번도 내 꿈에 나오지 않았다. 내가 시를 쓰게 된 것은 말째외삼촌 때문인데, 각별한 사람인데 말이다. 막내외삼촌은 오토바이 타고 우리 집으로 오다가 다리 아래로 추락했다.

할머니는 내가 아주 어렸을 때 돌아가셨으니 꿈에 나타나지 않는 건 이해된다. 할아버지는 자주 나타나더니 요즘 잘 나타나지 않는다. 막내외삼촌은 꿈에 나타나지 않아 더 그립다. 남매 사이인 엄마와 막내외삼촌은 구천을 떠돌고 있는 걸까. 사고로 죽었기 때문에 내 꿈으로도 들어오지 못하나. 아니면 요절한 둘이서 어느 곳을 다니고 있는 걸까. 외갓집이 있는 상명은 너무 멀게만 느껴졌던 나의 의식이 반영된 걸까.

둘이 내 꿈에 자주 나오도록 한림에도 자주 가고, 사진첩도 자주 들여다봐야겠다. 아시아시날에 누워 잠들고 싶다.

외할머니가 돌아가시기 1년 전. 외가가 있는 상명리에 아주 오랜만에 갔더니 외할머니가 나를 보고 원망의 말을 했다.

"어떵 이제사 와시니? 어떵 이제사 와시니?"

나는 엄마나 막내외삼촌처럼 아무 말도 할 수 없었다.

얼다

춥다.

제주에서는 '춥다'를 '얼다'라고 한다. '춥다'보다 '얼다'가 더 감각적이고 서럽다. 추운 건 참을 수 있겠지만 얼어버리면 참아 봤자 소용없다. 더 가난한 말로 들린다.

서귀포 신산리에 가면 '양에골'이라는 곳이 있다. 그곳은 '양 에'(양하. 생강과의 여러해살이풀)가 많이 나는 곳이라서 그런 지명이 붙었다는 말도 있지만 기러기가 슬피 울어서 '양에'가 됐다는 말 도 있다고 들었다. 기러기가 무슨 까닭에 그렇게 슬피 울었을까. 그 울음이 얼음처럼 차갑다.

아이슬란드는 얼음 땅이라는 뜻을 지니고 있지만 사실 아이 슬란드 땅속에는 용암이 끓고 있다. 그 나라는 대부분 지열 에너 지로 난방을 유지한다. 『해저 2만 리』를 쓴 쥘 베른의 소설 『지구 속 여행』에서 지구 속으로 들어가는 곳은 아이슬란드의 한 화산 분화구이다.

쥘 베른은 그 지구 속 여행을 하는 사람들을 "대담한 나그네" 라고 표현했다. 대담하다는 건 담력이 크고 용감하다는 뜻이다.

위험을 무릅쓰고 여행하는 사람들이니 그런 이름이 어울리겠지.

　냉전의 마지막 분단국가인 우리나라는 여전히 얼음 땅이다. 하지만 통일에 대한 열망이 부글부글 끓고 있다. 우리는 언제면 해빙의 시간을 맞이할까. 통일의 나라를 여행하려면 대담한 나그네들이 많아야 한다.

　서귀포 아이들과 신의주 아이들이 만날 날은 언제일까. 얼음의 시간이지만 그 얼음 밑으로는 한라산에서 백두산까지 용암이 흐른다.

　에릭 브레빅의 영화 〈잃어버린 세계를 찾아서〉는 쥘 베른의 소설 『지구 속 여행』을 원작으로 삼았다. 영화 속 잃어버린 세계 역시 지구의 이야기다. 분단국가인 우리나라는 통일 국가로 지내지 못한 시기가 잃어버린 세계인 것.

　이성부 시인은 시 「봄」에서 "기다리지 않아도 오고/기다림마저 잃었을 때에도 너는 온다."라고 말했다. 언 땅을 녹이며 그날이 온다. 그날은 "눈 부비며 더디게" 올 것이다. "먼 데서 이기고 돌아온 사람아."라고 부르면서 끝나는 이 시의 너는 봄이자 희망이다. 언 손을 호호 녹이며 봄을 기다리자.

　지구의 눈을 가진 아이들에 대해서 들려줄게
　산맥의 어린 순 같은 손을 가진 아이들에 대해서 말할 거야
　오래된 구름 위에서 노는 아이들을 알고 있어
　학교는 멀고 태양이 가까운 아이들이야

파란 하늘 닮은 머리카락이 빛나는 아이들이야
아이들의 눈빛은 햇볕처럼 따가워
축구공 갖고 싶어 떼쓰는 아이
우주비행사를 꿈꾸는 아이
새로 산 운동화 신고 방 안을 돌아다니는 아이
전학 와서 낯설기만 한 아이
그 아이를 마음에 두고 있는 아이
커서 가수 해도 될 정도로 노랠 잘 부르는 아이
아무리 추워도 밖에서 놀 수 있는 아이들
국경처럼 조용한 밤이 오고
고드름처럼 차가운 이목구비를 지닌 중강진 아이들
그 아이들에 대해서 말할 거야

-「내일 너를 만나기로 했어」

엥그리다

낙서하다. 글자, 그림 따위를 아무렇게나 쓰다.

제주도 출판사 '한그루'의 대표이기도 한 디자이너 '나무늘보'는 생긴 모습과 달리 섬세하다. 나와 비슷하게 배 나온 아저씨 모습이지만 세심하게 북디자인을 한다. 그는 한때 꿈이 클라리네티스트였다고 한다. 그는 고등학생일 때 음대에 가려고 했지만 부모의 반대로 음대 진학을 포기했다. 고등학생일 때도 오케스트라에서 활동하고, 군대도 관악대로 다녀왔지만, 직업으로서 음악의 길을 가는 건 쉬운 일이 아니다. 그래도 예술 쪽에 관심이 있어서 학교 선생님의 권유로 관광공예과에 진학했다. 하지만 손으로 직접 만드는 것에 흥미를 느끼지 못한 채 대학을 어영부영 다녔다고 한다.

나무늘보라는 이름대로 학과 공부보다는 노트나 스케치북에 이것저것 '엥그리며' 시간을 보냈다. 그러고 보니 나무늘보는 앵그리버드를 좀 닮은 것 같다. 아무튼 그렇게 시간을 보내다 군대에 갔고, 제대를 했더니 학과가 없어져버렸단다. 어쩌다 비슷한 계열로 학과를 선택할 수 있었다. 그러다 선택한 학과가 산업디자인. 컴퓨터로 무엇을 만드는 게 무척 재미있었다고 나무늘보는 말했다.

　예정보다 몇 년 더 지나서 졸업전에 참여했는데 그때 무슨 생각이어서인지 제주어를 디자인해 티셔츠에 넣는 작업을 했다고 한다. 평소대로 티셔츠에 '엥그린' 것. 그리고 시간이 흘러 출판사 '각'에서 일하다 작은 출판사를 하나 차렸다. 그후 계속 컴퓨터에 북디자인을 '엥그렸고', 마침내 2019 지역출판연대 천인독자상에서 공로상을 받았다. 그 상을 받을 때 한몫한 책도 제주어로 쓴 그림책이다. 나무늘보 김영훈은 오늘도 출판사 의자에 앉아 늘어지게 기지개를 켜고 또 다른 북디자인을 '엥그리고' 있을 것이다.

오뭉하다

몸을 움직이다. '부지런하다' 또는

'노력하다'는 의미가 담긴 말.

　지금 나는 시를 쓰고 있지만 동경하던 문예지에 단 한 편의 시도 발표하지 못했다. 꿈만 꿨지 노력하지 않은 결과이리라. 그리고 나는 세 권의 시집을 냈지만 내가 주로 읽던 시집이 출간된 시선에 끼지 못했다. 시를 꿈꾸되 무명 시인으로서의 삶은 생각해보지 않았다. 내가 좋아했던 시들이 주로 실려 있던 문예지나 시선에 내 시가 없는 이 간극은 넓고 깊다. 이제 청춘이라 부를 수 없는 나이로 접어들면서 나는 이 꿈을 의심하는 중이다.

　꿈을 꾸면 꿈만 꾸게 된다. 인디 밴드 '언니네 이발관'의 노래 '가장 보통의 존재'처럼 우리는 대개 가장 보통의 존재로 살아야 하는 걸 간과해왔다. 박정대의 시집 『단편들』은 내가 꿈을 꾸게 만든 시집 중 한 권이다. 양조위를 닮은 박정대. 왕가위의 영화 〈동사서독〉 같은 나날 중에서 우울한 시집이 오아시스 역할을 한 건 불행이었을까. 박정대는 청춘을 통해 삶의 비의를 보여준다. 시의 세계는 축축하고 암울하다. "가슴기 같은 영혼"(『단편들』)들이 창궐한다.

쉰을 넘기지 못한 문학평론가 김현은 기형도 유고시집의 해설 끝에 이렇게 썼다. "나는 누가 기형도를 따라 다시 그 길을 갈까봐 겁난다. 그 길은 너무 괴로운 길이다."

그런데 어디 시만 그러한가. 시 쓰는 일은 삶을 쓰는 일이다. 시를 쓰고 있기에 시집을 추천하지만 궁색한 변명을 늘어놓은 것 같아 마뜩하지 않다.

박정대는 첫 시집 『단편들』을 내고 4년 뒤에 『내 청춘의 격렬비열도엔 아직도 음악 같은 눈이 내리지』를 냈다. 골 득실차로 따질 정도가 아니다. 노는 리그가 다르다.

청춘은 꿈을 꾼다. 그 꿈을 이루기 위해 어떻게 하루를 보냈는지 생각하지 않고. 그래도 나는 다시 이십대로 돌아간다면 그때처럼 시집을 읽으며 허송세월을 보낼 것이다. 몇 해 동안 소방관 시험을 준비하다 결국 낙방해 먼 친척의 소개로 들어간 회사에서 시를 쓰던 청춘을 회상하는 것보다 훨씬 낫잖아. '오몽ㅎ여사' 뭔가 될 텐데, 그러지 못했다. '간세둥이'로 사는 게 마음 편할 때가 더 많다.

오소록ᄒ다

으슥하다. 구석지고 고요하다.

'오시록ᄒ다'라고도 한다.

추억은 '오소록ᄒ' 시간 속으로 '오물락' 빠지는 일이다. 삼양동을 지나다 빠졌다. 삼양동 선사유적지는 추억의 팝송과 어울린다. 선사유적지에서 팝송이라니. 하지만 나는 구석기시대의 유적과 흘러간 팝송은 닮은 구석이 있다고 생각한다. 수만 년 전이나 수십 년 전이나 과거는 똑같다. 내가 겪지 못한 시대 역시 내게로 흘러오고, 나 또한 기억할 수 없지만 그날에서 왔다. 올드 팝송을 들으며 삼양동 선사유적지를 산책한다. 그것은 나만의 기억이 아니라 바람의 기억이고 음악의 기억이다. 그렇게 '오소록' 들어간 곳에 음악이 흐른다.

바위그늘유적이 뮤직 비디오처럼 다가온다. 오랜 시간이 지나고 남는 건 음악뿐이라는 것이 나이가 들수록 선명해진다. 흘러간 유행가를 듣는 늙다리를 탓할 수 없다. 귀에 익은 노래에 만족하며 귀도 늙어가겠지. '비지스'의 노래 'Melody Fair'를 들으면 그 옛날 빨간 지붕 집이 떠오른다.

중학생 시절. 그 집에 좋아하는 여학생이 살고 있었다. 키 큰

복숭아나무가 정원에 있는 집이었다. 리코더를 잘 부르던 아이였다. 나는 그 집 담장에 기대어 리코더 소리를 감상했다. 그 아이가 내뱉는 호흡이 멜로디가 되어 내 귀로 들어왔다.

그 애를 처음 본 것 성경 캠프에서였다. 나는 여전히 크리스천은 아니지만 친구 따라 교회에 다니던 시절이었다. 그때 마니또라는 걸 했는데, 내가 고른 쪽지에 적힌 이름이 그 애 이름이었다. 마니또의 규칙이 비밀 친구 역할을 하는 것이기에 나는 그 애 모르게 도움을 줬고, 끝까지 내가 너의 마니또라는 걸 밝히지 않았다.

그 뒤 그 애에게 편지를 부치기 시작했다. 부끄러웠던 건지 보내는 사람 칸에 내 이름을 적지 않았다. 시를 적어 보내기도 하고, 일기 같은 걸 보내기도 했다. 그러던 중 편지를 그 집 우편함에 넣다가 그 애의 삼촌에게 걸렸다.

"너로구나. 도둑편지 보내던 녀석이."

엄한 체육 선생님 느낌의 아저씨가 내 귀를 잡아당겼다. 도둑편지라니. 연애편지를 도둑편지라고 하다니.

그 일 이후로 더는 편지를 보내지 않았다. 처음엔 좋아했던 것은 맞지만, 나중에는 좋아한다기보다 편지 쓰는 행위에 심취했던 것 같다. 그런 기억이 '오소록흐게' 남아 있다. 길을 걷다 빨간 지붕 집이 보이면 그 기억이 떠오른다. 편지를 써 그 집 우편함에 넣었던 중학생은 구석기시대처럼 멀리 가버렸다. 보내는 사람의 주소도 쓰지 않으면서 간혹 답장을 기대했다.

가끔 오래된 영화를 꺼내 볼 때가 있다. 낡은 LP판처럼 먼지가 가시지 않는다. 하지만 그 사랑, 마음속에 소장한 영화 아닌가. 지금은 이름도 기억나지 않지만 머리카락 빛깔이나 반짝이던 눈동자가 기억에 있다.

스무 살 무렵에 영화관에서 영사기사 보조 일을 했었다. 같은 영화를 계속 봐야 하는 것이 어려울 것 같았지만 영화를 볼 때마다 다른 느낌을 받을 수 있어서 만족했다. 급여가 너무 적은 점만 빼고. 고참으로 있는 영사기사에게 월급이 너무 적다는 볼멘소리를 하자 그는 심드렁한 표정으로 대답했다. "이 바닥이 원래 그래. 영화판이라 그래." 극장도 영화 제작하는 '영화판'에 속할지는 그때나 지금이나 의문이다.

길을 걷다 '오소록한' 곳이 나오면 옛날로 가는 문이 그곳에 있을 것만 같다. 영화관 의자에 깊숙이 앉으면 영화 속으로 '오소록' 들어간다.

바다가 보이는 언덕에 집을 지었지
파도 소리를 들으면 내장까지 차가워졌지
흙으로 빚은 구슬 두 개를 받았고
네 팔목의 조개 팔찌가 햇빛에 빛났지
전복 칼로 너를 지켜 줄 거야
구리거울 속에서 웃고 있는 너
키가 오 척을 넘지 않는 우리였지만

움집 속에서 비를 피하기엔 적당했지
가락바퀴 같은 별들이 실을 뽑듯
별빛들이 뽑혀 나오던 삼양동 추억
그 별빛들 아래 바닷가에서 얽힌
실타래처럼 우리는……
음악 소리를 들으면 내장까지 차가워졌지
알고 보면 흙으로 빚은 거나 다름없는 참외 두 개를 받았고
모래성 위에 벗어놓은 슬리퍼가 햇빛에 빛났지
더는 너를 지켜주겠다는 말은 하지 못하지만
삼양과 제주대를 오가는 순환 버스 불빛이
유성처럼 흘러 지나가네
삼양동 선사 유적지
버스 정류장에 바람이 부네

-「추억의 팝송」

4부

오늘 밤에 나는 또 누군가의 꿈에 가서

요자기

요전. 요사이의 어느 때에.

보말, 고메기(고둥)

오늘처럼 진눈깨비 날리면 장사가 잘되거든
진눈깨비는 내리지 호주머니는 헛헛하지
여기 이렇게 모여들 수밖에

한때 시를 썼다는 사장은 장사 수완이 좋다
술 취한 사람들 비위도 잘 맞춰주고
언강을 잘 부려 제법 단골도 있다

바다를 누볐을 물고기는 가공이 되어
겨울 거리를 헤엄치는 물고기가 되었다
평생 홈런 한 번 쳐본 적 없는 사람들
때꾼한 얼굴로 오뎅을 쪽쪽 빤다

시상이 떠오르면 메모를 할 법도 하지만
시인도 한철이고, 장사도 한철인지라
물 들어왔을 때 보말을 잡아야지

간장 종지처럼 작은 희망 위로 내리는 진눈깨비

등에 큰 가방을 하나같이 메고 있는 중국인 가족이
김 모락모락 나는 오뎅 국물을 바라볼 때
시선을 돌리기 전에 사장이 어쭙잖은 중국어를 내뱉는다

- 「홈런분식에서」

제주어는 귀엽기도 하다. '요자기'라는 말도 그렇고, 내일모
레를 뜻하는 '닐모리', 숨바꼭질을 뜻하는 '곱을락' 등.

사람들은 '요자기'의 날씨, 사건 사고, 건강 상태 등의 영향을
많이 받는다. 며칠 사이로 변하는 것이 사람 사는 세상이기 때문
이다. 아무튼 '요자기' 편의점에서 호빵을 팔기 시작했다. 겨울이
코앞이니까 당연한 모습이다. 하지만 아직은 추위를 느낄 정도
는 아니다.

부지런한 김세홍 시인도 붕어빵 장사를 시작했다. '요자기'
홈런분식에 가보았다. 일부러 간 것은 아니고, 연동에 사는 전직
피디 부예슬에게 고 정군칠 시인 유고시집 『빈방』을 갖다주러 가
는 길이었다. 그녀는 육아 때문에 방송국 피디를 그만둔 사람이
다. 정군칠 시인의 시 「가문동 편지」를 노래로 만들어 뮤직비디
오를 제작하기 위해 준비를 하던 중이었다. 이미 김수열 시인의
제주어 시 「보말죽」을 재미있게 만들어줘서 신뢰를 느낀 나는 한

편 더 부탁을 한 터였다.

붕어빵이나 오뎅은 날씨가 제법 쌀쌀해져야 사람들이 많이 찾을 것 같은데 내 예상이 빗나갔다. 가게 앞에는 오뎅과 붕어빵을 찾는 사람들이 많았다. 여름에는 장사를 하지 않는지라 몇 개월 만에 가게를 열어 반갑다는 손님도 몇 있었다. 어떤 사람은 이 가게 앞을 지나며 언제면 어묵을 다시 먹을까 손가락을 쪽쪽 빨았다고 한다.

"어떵 혼자 와시냐? 각시는?"

김세홍 시인은 지금의 아내와 나를 중매 서 준 사람이다. 고맙게도 결혼식 사회도 봐주었다. 그 당시 그는 멋을 좋아해서 꽁지머리를 하고 있었다.

"서귀포에 이수다."

나는 슈크림 붕어빵을 먹으며 대답했다.

김세홍 시인은 집에 가져가라며 내게 한 봉지 가득 붕어빵을 싸주었다. 몇 번을 사양했지만 늘 그렇게 받기를 자주 했다. 날씨 때문이 아닌 것 같다. 사람들 마음은 늘 겨울이어서 홈런분식 앞으로 몰려든다. 헛헛한 마음 달래려고 따뜻한 붕어빵을 입에 물었다.

붕어빵 한 봉지를 들고 그 피디를 만나러 갔다. 정군칠 시집 『빈방』과 함께 붕어빵을 건넸다. 피디는 자신이 붕어빵을 가장 좋아하는 걸 어떻게 알았느냐며 잔망스럽게 웃었다.

우치다
날씨가 흐리고 비가 내리다.

도체비낭(산수국)

어렸을 때는 비 오는 날이 좋았다. 우선 밭에 가지 않아서 좋았다. 일요일에 비가 오면 밭에 가지 않았다. 슬레이트 지붕에 빗방울 떨어지는 소리가 좋았다. 비가 내리면 근처 별도천에서 '멩마구리'(맹꽁이)가 부각부각 울었다. 비 오는 날엔 즈제비(수제비)가 더 맛있다. 비가 그치면 물웅덩이는 놀이터가 되었다. 우리는 소금쟁이처럼 물웅덩이에서 놀았다.

내가 다닌 중학교 부근에는 여고가 있었다. 나와 친구 몇은 갑자기 비 내리는 날을 좋아했다. 아침에는 내리지 않다가 오후부터 비가 내리는 날. 그런 날에는 학생들이 미처 우산을 준비하지 못하는 경우가 많다. 우리는 학교가 끝나면 일부러 몇 정류장 위로 걸어 올라갔다. 그곳은 여고 정류장이었다. 까까머리 중학생 우리는 우산이 없어 비를 맞는 여학생이 혹시나 우리가 들고 있는 우산 아래로 들어오지는 않을까, 하며 가슴이 두근거렸다. 우산을 같이 쓰자고 말 걸 용기도 없이.

할머니는 비 오는 날을 감쪽같이 알아맞혔다. 할머니의 '독무릎'(무릎)이 기상청이었다. 제주에 사는 첼리스트 지윤도 쉰 살을 넘기니 인간 기상청이 되었다.

"날이 우치젠 헴신게."

할머니가 이렇게 말하면 다음 날 꼭 비가 내렸다. '게작혼'(질퍽질퍽한) 흙길을 걸으면 발자국이 생겼고, 눈길을 걷는 것처럼 재미있었다.

우구구구구. 장마 때는 멧비둘기 소리가 그치질 않았다. 멧비둘기는 알이 빗물에 떠내려갈까봐 운다는 말을 들었다. 갑자기 비가 많이 내리면 하천에 물이 급증했는데 그걸 '내창 터졌다'라고 말했다. 제주에는 고사리장마가 있다. 4월 중순에 안개비가 자주 내리는 짧은 우기를 고사리장마라고 한다. 물론 이때 한라산 고사리들이 쑥쑥 자란다.

"장마가 시작되자 수국이 활짝 피더니, 장마가 지니 치자꽃 향이 진동하네요."

제주에 이주한 김나영 작가가 내게 한 말이다. 내게 수국은 마당이나 대문 옆에 심을 정도로 자주 접했기에 감흥이 약했으나 그녀는 계절의 변화에 민감하게 반응했다. 제주도에 있으면 아름다운 풍경에 흠뻑 취하거나 정반대로 그러한 풍경에 식상해져 둔감해질 수 있다. 그러한 태도는 시 쓰기에 좋지 않아 조심해야 한다. 그러고 보면, 태풍이 불면 법환 포구에 가서 태풍이 오는 걸 감상했다는 김신숙 시인은 천생 시인이다.

그리고 비 오늘 날에는 술 한잔하자는 강덕환 시인의 시가 또 떠오른다. "글라. 혼잔해불게./날도 우치잰 햄신디사/하간디가 뽀삼져."

웨삼춘

외삼촌.

벽탁구를 아는가. 나는 벽탁구를 아주 잘 친다. 벽탁구는 말 그대로 벽에 대고 탁구를 치는 걸 말한다. 스쿼시를 연상하면 된다. 벽탁구가 올림픽 종목이라면 나는 아마도 금메달을 땄을 것이다.

내가 벽탁구의 달인이 된 건 기찬이 외삼촌 때문이다. 기찬이 외삼촌은 탁구 선수였다. 은퇴를 한 뒤에는 초등학교 탁구부 코치로 있었다. 덕분에 나는 그에게서 탁구 교습을 받을 수 있었다.

여름방학이었다. 기찬이 외삼촌네 집에 맡겨진 나는 기찬이 외삼촌과 학교 탁구장에 갔다. 학교는 방학이라 한산했다. 그곳에서 외삼촌이 내게 라켓을 잡는 법부터 시작해 탁구 강습에 들어갔다. 일종의 전지훈련이 시작된 것.

"기본 자세가 중요ᄒ다. 멩심ᄒ라."

외삼촌은 내게 며칠 동안 자세 연습만 시켰다. 어서 핑퐁, 탁구를 치고 싶은데, 외삼촌은 내게 아직 필드에 나갈 때가 아니라고 말했다.

　그리고 무슨 지옥훈련처럼 계속 벽탁구만 치게 했다. 처음에
는 받아치기 어려웠다. 하지만 일주일 넘게 벽탁구를 치니 벽의
마음을 눈치 채게 되었다. 탁구공이 어디로 튈지 감각적으로 느
낄 수 있었다.

　탁구장에 가지 않은 날에는 협재해수욕장에 가서 놀았다. 가
깝게 비양도가 보이는 그곳에서 까맣게 놀았다. 물놀이가 끝나
면 외숙모와 나는 외삼촌 오토바이 꽁무니에 올라탔다. 젖은 몸
이 한림 바닷바람에 다 말랐다.

　그리고 나는 방학 내내 벽탁구만 쳤다.

　그해 가을에 기찬이 외삼촌은 오토바이 사고로 돌아가셨다.
전화를 받은 엄마가 그 자리에 주저앉았다. 어린 나도 덩달아 주
저앉았다.

　중학교에 입학하니 학교 복도 한쪽에 탁구대가 있었다. 쉬는
시간에 나는 라켓으로 탁구공을 튕겨 보다 벽탁구를 치기 시작
했다. 나의 현란한 스텝에 아이들이 몰려들어 탄성을 질렀다. 그
때였다. 누군가의 한마디에 나는 벽탁구를 멈췄다.

　"탁구 좀 치는걸."

　제빵왕 김탁구는 아니고, 초등학생 때 탁구부였던 녀석이었
다. 한 친구가 옆에서 수군거려서 알 수 있었다.

　"무사?"

　나는 돌아서서 그 자리를 뜨려고 했다.

"한판 붙자. 겁먹었냐?"

녀석이 내게 말했다.

"무신거?"

나는 녀석을 째려봤지만 아이들의 눈은 모두 어서 대결을 펼쳐주기를 기다리는 눈빛이어서 나는 이내 손사래를 치며 거절했다.

며칠 후. 이 무슨 운명의 장난이란 말인가. 내가 평소에 좋아한 여학생에게 그 녀석이 쪽지를 보내 고백했다는 게 아닌가. 순간 녀석은 나의 연적이 되었다. 그 여학생 앞에서 나는 녀석의 코를 납작하게 만들고 싶었다. 끝내 나는 결투를 받아들였다. 문제는 내가 벽탁구만 쳤지 상대 선수와 경기를 치러 본 적이 거의 없었다는 점.

마침내 대결의 날이 밝았다. 악몽을 꾼 나는 컨디션이 좋지 않았다. 내가 할 수 있는 일은 상대 선수를 벽이라고 생각하고 치겠다는 각오뿐이었다.

녀석은 정말 탁구 선수처럼 반바지에 티셔츠를 입고 왔다. 나는 계속 '저것은 벽이다, 벽이다.'라고 속으로 되뇌었다.

녀석이 먼저 서브를 시작했다. 스카이 서브. 올림픽에서나 볼 수 있는 스카이 서브. 공이 머리보다 높이 올라갔다가 떨어질 때 치는 스카이 서브. 공이 날아오자 나는 힘겹게 받아쳤다. 구경하러 몰려든 아이들의 눈알 구르는 소리가 다 들리는 것 같았다.

초반엔 내가 리드했다. 점점 점수를 벌렸고, 1세트는 내가 이

졌다. 어느새 내 코치가 되어준 깐돌이가 와서 어깨를 주물러 주었다. 하지만 녀석은 경험이 많은 선수 출신이었다. 나의 패턴을 간파한 녀석은 변칙적인 탁구를 치면서 경기를 쥐락펴락했다. 2세트, 3세트 내가 졌다. 결국 1:2로 나의 패. 좋아하는 여학생까지 뺏긴 기분이었다.

그날 집에 돌아와 분한 마음이 들어 방에서 씩씩거리다 옥상에 올라갔다. 별이 많이 떴다. 문득 기찬이 외삼촌이 떠올랐다. 사실 외삼촌에 대한 원망을 그전부터 하고 있었다. 탁구 좀 더 가르쳐 주지 않고, 왜 그렇게 황망히 떠나버렸는지…….

외삼촌은 내게 별 이야기를 많이 들려주었다. 그러면서 이런 말을 했다. 저 수많은 별들에 비하면 우리는 얼마나 작은 존재인 것이냐. 순간 별들 사이로 외삼촌의 목소리가 들리는 것 같았다.

"경기에 졌다고 울지 마라. 지든 이기든 상관없다. 너에겐 벽이 있다."

나는 눈물을 훔치며 방으로 들어와 벽탁구를 치기 시작했다.

탁타닥탁탁.

그것은 외삼촌에게 보내는 모스 부호 같은 소리였다.

타다닥탁탁.

"좀 안 자고 무신거 헴시니?"

안방에서 건너온 엄마 목소리였다. 엄마의 잔소리를 뒤로하고 나는 잠자리에 누웠다. 바람 소리가 창문을 달그락거리게 했다. 나는 그 소리를 자장가 삼아 잠들었다.

이루후제

이다음에.

'이루후제'는 제주도에서 활동하는 김동현 문학평론가의 블로그 이름이기도 하다. 그는 '이루후제' 제주의 희망을 위해 현실을 비판하고 문제점을 개선하기를 주장한다.

제주의 미래는 밝을까. '이루후제' 제주는 더 나은 삶을 살 수 있을까.

아내는 원래 국민참여당이었고, 나는 민주노동당이었다. 통합진보당으로 당이 합당될 때 우리는 결혼했다. 하지만 '이루후제' 통합진보당은 해산되고 말았다. 그 무렵 부부의 위기가 있었던가.

나는 운전을 못 하고, 아내는 운전을 잘 한다. 유턴이나 주차를 한 번에 한다. 기름이 거의 바닥인데 수십 킬로미터를 달리기도 하고, 타이어 펑크가 났는데도 며칠 동안 아무렇지 않게 다닌다. 좁은 올레길도 예전엔 다 농로였다며 차로 다니고, 내가 오름에 가고 싶다고 하면 나를 오름 입구 주차장에 내려주고 차에서 내리지 않고 기다려준다.

그런 아내가 차를 몰고 나는 조수석에 앉아 어디론가 가고 있는데 아내가 내게 말했다.

"어디 맹지라도 있으면 땅 사서 집 하나 지으면 얼마나 좋을까."

아내는 차창 밖을 보며 입김을 내뿜듯 말했다. 이 말은 처음엔 소박하게 들렸지만 이젠 불가능한 꿈이 된 것이 현실이다. 아내는 또 말을 이었다.

"이번 생은 가난하게 살다 가는 생이로구나. 부자가 되지는 못하고 가는구나."

자동차 연료 게이지는 바닥 근처를 가리키고, 바닷가마을 어귀엔 눈발이 날리기 시작했다. 문득 안주철의 시편 「다음 생에 할 일들」이 떠올랐다. "다음 생엔 이번 생을 까맣게 잊게 해줄게./아내는 눈물을 문지른 손등같이 웃으며 말한다."

아내가 낸 첫 시집 제목은 『우리는 한쪽 밤에서 잠을 자고』. 시집을 묶는 과정을 지켜본 나는 그 시집에 서귀포의 울음이 가득하다는 걸 안다. 시집에 등장하는 여자 이름들은 다 아내의 벗들이다. 이번 생애는 가능성이 없다고 미리 판단해버린 사람들. 그 사람들의 목소리가 제주호랑나비의 알처럼 서귀포에 슬어 있다. 새연교, 범섬, 스모루, 이중섭거리, 수악교, 거린사슴전망대, 그리고 버짐처럼 번져 용담동까지.

비디오카메라 하나 갖고 싶다. 바닷가에 가면 카메라 켜서 어색한 바닷바람을 필름에 담고 싶다. 그리고 파일마다 그리운 사람의 이름을 써넣고 싶다. 마치 영화 〈파이란〉에서 파이란을 찍은 비디오 클립 제목이 '파이란 봄바다'인 것처럼. 함께 머물고 싶은 사람의 이름과 몇 년 몇 월 며칠의 바다를. 편지를 쓰는 마음으로 산다면 넓은 바다가 편지지가 되어주겠지.

'이루후제' 우리는 바닷가에 아주 오래 머물 것 같다. 그런 말을 하면 아내는 또 말하겠지.

"바닷가 땅을 살 돈은 어디 이성."

조케

조카.

수은은 육촌 조카다. 아나운서가 꿈인 수은은 서울에 가서 꿈을 펼치려 했으나 지금은 귀향했다. 제주에서는 방송국 리포터나 기자로 들어갔다가도 오래지 않아 그만두곤 했다. 사실 어렸을 때는 서로 말도 거의 하지 않다가 어른이 되어서야 속말까지 하게 되었다.

내가 시를 써서 그런지 시를 쓰겠다며 내가 속한 동인에도 몇 번 나오더니 그마저 발길을 끊었다. 가끔 전화가 와서는 잘

풀리지 않는 일에 대해서 투덜대곤 한다. 나는 삼촌이니까 그냥 받아주며 격려를 하는 편이다. 사실 내가 누구를 위로할 처지가 되지는 않지만.

며칠 전 수은으로부터 전화가 왔다. 가끔 전화로 안부를 묻거나 고민을 토로하면 받아주곤 했던 터라 연초에 걸려온 전화라서 새해 안부 전화일 거라 여기며 받았다. 수화기 너머로 소음이 들렸다. 수은은 찻집에서 종종 전화를 건다. 일이 없을 때는 찻집에 가는 걸 좋아하는 것 같다. 그런데 전화의 목적이 으레하게 되는 안부 인사가 아니다. 안부를 묻는 건 맞지만 좀 다른 이유에서 전화가 왔다.

"삼촌. 요즘 무슨 안 좋은 일 있으세요?"

웅성거리는 소리 사이로 수은의 목소리가 들렸다.

"아니, 별일 없는데."

"근데, 삼촌이 제 꿈에서 울고 있었거든요."

"내가?"

"네. 삼촌."

나는 왜 연초부터 다른 사람 꿈에 들어가 청승맞게 울고 있었담. 나는 순간 수은이 무슨 신기가 있는 걸까, 하는 생각을 하다 고개를 저었다.

"연말에 못 한 정산 하느라 바쁜 거 말곤 그저 그래."

나는 정산보고서가 펼쳐져 있는 파일철을 정리하다 전화를 받은 거였다.

"삼촌. 우울증 걸린 거 아니죠?"

"우울증? 늘 우울하지."

수은은 내가 자기 꿈에 나타난 얘기를 조금 더 하더니 이내 서울에 다시 가게 됐다는 얘기를 길게 늘어놓았다. 이번에는 방송작가를 할 거라고, 연락 온 곳도 있다고, 그런데 갈지 말지 고민 중이라고, 방송작가를 할 수 있을지 모르겠다고.

나는 전화를 끊고, 오늘 밤에 나는 또 누군가의 꿈에 가서 울고 있을 것인가, 생각하며 정산보고서를 다시 확인하기 시작했다. 수은은 다시 서울에서 꿈을 펼칠 수 있을까.

창도름

돼지나 소의 막창자.

아버지 얼굴에 난 주름이 쭈글쭈글하다. 젊었을 때 작살로 문어를 잡던 아버지. 술을 마시기 위해 헤엄을 쳐 차귀도까지 다녀오던 아버지의 청춘은 이제 찾기 어렵다. 사료 공장 일, 감귤 농사 일을 주로 한 아버지는 춤추는 것도 좋아하는 멋쟁이다. 벌초를 갈 때도 양복을 입는 아버지다.

소주에 막창을 먹을 때면 아버지가 떠오른다. 막창이나 갈비를 비닐봉지에 싸 집으로 가져오곤 했던 아버지. 술자리에서 남은 걸 자식들 주려고 챙기는 아버지였다.

'창도름'엔 한일소주가 어울린다. 막창이 한라산소주라면 '창도름'엔 한일소주가 어울린다. 몇 해 전만 해도 들길을 걸을 때 한일소주 빈병이 땅에 박혀 있는 모습이 종종 보이던데 이젠 거의 보이지 않는다. 그 한일소주 병이 중고 거래 사이트에서 최소 만 원 이상을 호가하는 것을 보면, 병 수집가들 사이에서는 애장품 중 하나인 모양이다.

'창도름'이라는 낱말도 이제 메뉴판에서 잘 보이지 않는다.

순대국밥집에 가도 '창도름'이라는 말은 보기 힘들다. 국밥이 생각나면 보성시장에 가곤 한다. '베지근훈' 국밥에 한라산소주를 마신다. '창도름'은 이제 내장모듬을 주문하면 함께 나온다.

보성시장에는 현경식당이 있다. 현기영 소설가와 김수열 시인도 단골인 그 식당을 나는 몇 해 전에야 가게 되었다. 그날은 의귀리 송령이골 벌초를 마치고 간 날이었다. 송령이골은 4·3 당시 의귀국민학교에서 벌어진 2연대 전투에서 숨을 거둔 무장대의 시신을 집단으로 매장한 곳이다. 여러 순배의 술잔이 돌고, 문학 얘기를 하다 어느 순간 식당 여주인에게 화제가 넘어갔다. 얘기를 들어보니 식당 여주인은 라디오 프로그램에 사연을 보내 채택이 된 적이 있을 정도로 글쓰기에 애정을 갖고 있는 분이었다. 이제 칠순이라는 여주인이 스크랩북에서 주섬주섬 원고를 꺼내 라디오 〈여성시대〉에 소개된 적 있다는 수필을 낭독했다.

문학소녀의 느낌으로 수필을 읽는 여주인의 목소리에 우리는 귀 기울였다. 그 이야기는 유년 시절 산열매를 따 먹는 이야기였다. 먹어 본 적 없는 열매들이 나열되는데 왠지 모르게 눈물이 핑 돌았다. 왠지 모르게 나를 끌어당기는 느낌이 강렬했다.

"삼춘, 게난 태어난 곳이 어디우과?"

낭독이 끝나자 함께 간 김세홍 시인이 물었다.

"상명. 한림 상명."

여주인이 원고를 다시 스크랩북에 집어넣으며 말했다. 나는 상명이라는 말에 깜짝 놀랐다. 상명은 내 외가다.

"상명이민 택훈이네 외간디."

나에 대해서 잘 아는 김세홍 시인이 말했다. 그러자 여주인이 내게 어머니 이름을 물었다.

"홍기선이우다."

나는 어머니와 같은 고향 사람이라 반가워 자리에서 일어나 대답했다.

"기선이?"

마치 이산가족이라도 상봉한 듯 여주인이 다가와 나를 와락 껴안았다.

"아고게. 너가 기선이 막내로구나게."

여주인이 말을 이었다. 그러자 나는 어머니를 다시 만난 듯 부둥켜안고 왈칵 눈물을 쏟았다.

그 여주인은 내 어머니와 초등학교 동창이고, 막역한 사이였다. 내 어머니가 사고로 일찍 돌아가신 것도 알고 있었다. 어머니와 여주인은 '고적'(장례가 있을 때 친척이 만들어 가는 부조 떡)을 같이 지내는 일가였다. 중학교까지 같이 다녔다고 한다.

얼마 뒤 어머니 생각이 나 다시 식당에 가보니 문이 닫혀 있었다. 며칠 뒤에 다시 보니 여전히 문이 닫혀 있었다. 옆 식당에 가서 물어보니 몸이 안 좋아 입원을 했다는 말을 들었다. 퇴원을 해서 다시 식당을 열면 찾아가봐야지 하고 생각만 하고 아직 가지 못하고 있다.

그렇게 술을 좋아하던 아버지는 건강이 안 좋아지자 술을 끊었다. 홀아비로 살아야 했던 아버지도 호기롭던 시절이 있었다. 사진첩을 보면 알 수 있다. 됫병 소주를 어깨에 짊어지고 사진을 찍은 아버지. 맥주병 세 병을 노끈으로 묶어 산에 오르다 사진을 찍은 아버지. 아버지가 과수원을 팔고 시작한 택시 사업이 망한 무렵에 내가 태어났다.

작은할아버지가 징용을 갔다가 돌아가시고, 기와 공장을 하던 증조할아버지는 땅을 일제에 희사했다. 4·3 때 화북 대나무숲에 숨어 지낼 때도 아버지는 '곤밥'이 아니면 밥을 안 먹겠다고 투정을 부릴 정도로 부유했다.

아버지는 워낙에 술을 좋아해 언제나 콧등이 빨갛게 익어 있었다. 집안이 몰락하자 아버지는 검약해질 수밖에 없었다. 전기세를 아껴야 한다면서 밤에 불이 켜져 있으면 불을 끄곤 하던 아버지. 그러다가도 술이 많이 취하면 기분을 내기도 하던 아버지. 소작농은 아니었지만 감귤 창고 구석에 방을 마련해 살던 아버지.

과수원집에서 태어난 나는 여덟 살 무렵에 본 택시의 불빛을 잊지 못한다. 어쩌면 그때 처음으로 태양보다 밝은 불빛을 본 것 같다. 키 큰 '숙대낭' 때문에 더 어두운 길로 헤드라이트를 켜고 들어오던 택시. 택시에서 아버지가 비틀거리며 내렸다.

그때 아버지의 손에 들려 있던 검은 비닐봉지. 아직도 온기가 남아 있는 그것은 구운 '창도름'이었다. 호랑이가 먹이를 잡아 내장을 파먹듯이 형과 나는 그 막창을 집어먹었다. 새끼 호랑이들처럼. 그렇게 나의 손톱이 뾰족하게 자라기 시작했다. 그런다고 집안을 다시 살릴 호랑이로 크지는 못했지만.

도세기(돼지)

촐람생이

촐랑거리기를 잘하는 사람을 낮잡아 이르는 말.

내가 어렸을 때 또래의 아이들이 자주 들었던 말 중에 '촐람
생이'와 '코풀레기'가 있다. '촐람생이'는 정신없이 나다니면 그렇
게 불렸고, '코풀레기'는 코를 자주 훌쩍거리거나 소매에 코를 닦
은 자국이 있으면 들었던 말이다.

'촐람생이'는 '몽생이'(망아지)처럼 잘 뛰어다닌다. '빌레'(암반지
대 또는 너럭바위)와 같은 이 세상에서 '촐람생이추룩' 사는 것도 나
쁘지 않겠다. 얌전하게 살아보니 재미없다. '촐람생이'의 마음으
로 호기심을 갖고 대상을 바라볼 일이다. 그래야 시도 녹슬지 않
을 것이다.

'촐람생이'는 예전에 방정하지 못한 아이를 지적할 때 쓰던
말인데, 이제 세월이 바뀌어 '촐람생이'처럼 적극적으로 행동하
고 말하는 사람이 필요한 시대가 되었다.

나는 예나 지금이나 '촐람생이'는 아니지만, 어렸을 때는 '코
풀레기'였다. 이제 코를 훌쩍거리지는 않아도 슬픈 노래를 들으
면 마음이 울적하다. 나는 '촐람생이'가 되기는 어렵고, 그냥 계

속 '코풀레기'로 살 것 같다. 그래도 시는 '촐람생이'보다 '코풀레
기'에게 더 어울릴 거라 위무하며.

카다

타다. 불씨나 높은 열로 불이 붙어 번지거나 불꽃이 일어나다.

'커피를 탔다'라고 할 때 쓸 수 있는 '카다'는 불에 탔다는 의미도 있다. 그러니 '타다'는 제주에서 '카다'로 쓰인다. 하지만 차에 탈 때의 '타다'는 그대로 '타다'이다. "차에 카다."라고 쓰지 않는다. 그런데 귤을 딸 때는 '따다'보다 '타다'라는 말을 많이 쓴다. 예를 들어 귤 수확을 다 했는지 물을 때 "귤 다 타수광?"이라고 물으면 된다.

제주시 선흘리에는 '불칸낭'이 있다. 불에 탄 나무이다. 마을의 수호목인 이 나무는 후박나무인데 마을이 설촌될 무렵부터 그 자리를 지켰다고 한다. 수령이 500년 정도된 나무이다. 4·3 당시 제주 중산간마을에 대한 초토화 작전이 이루어졌고, 토벌대가 이 마을에도 불을 질렀다. 그때 불에 탄 흔적이 남아 있는 나무다.

그 '불칸낭'을 지나 골목으로 들어가면 대안학교인 '볍씨학교'가 있다. 볍씨학교는 학생들이 농사를 지으면서 자급자족하며 공동체 생활을 한다. 볍씨학교는 생명과 환경을 소중하게 생각한다. 똥도 거름으로 만든다. 이와 같은 대안학교들은 대부분 경쟁 위주의 교육 제도에 반기를 든다.

제주 4·3은 남한만의 단독 정부 수립을 반대했다. 이념을 모른 채 제주라는 공동체 생활을 하던 제주도 사람들은 계속되는 억압에 반기를 들었다. '불칸낭'은 나무 기둥이 반 넘게 불에 '탔지만' 해마다 연둣빛 나뭇잎이 돋는다. 비극을 딛고 다시 일어선 제주도 사람들처럼 '불칸낭'은 다시 푸르게 잎사귀를 드리운다.

크찡ㅎ다

길이나 크기 따위가 가지런하고 고르다.

'크찡ㅎ다', '크뚱ㅎ다', '크칭ㅎ다'라고도 한다.

'코가 찡하다'라는 뜻이 아니다. 정돈이 잘 되어 있고, 그 끝이 잘 맞춰져 있을 때 쓰는 말이다. 농작물이나 생활용품이 가지런히 잘 놓여 있을 때 쓰는 말이다.

정돈은 쉬운 일이 아니다. 조금만 손을 놓아버리면 집안의 살림들도 어지럽게 된다. 이때 '크찡ㅎ게' 할 수 있다면 마음도 편할 것이다.

글이 막힐 때, 방 청소를 하면 효과를 볼 때가 있다. 비누로 손만 씻어도 기분이 바뀌어 멈췄던 글을 이어가기도 한다. 그래서 정돈이 잘 된 찻집에 가면 집보다 나을 때가 많다. 많이 가보진 않았지만 전망 좋은 호텔방에서는 글이 잘 써질 것만 같다. 호텔 욕실에 '크찡ㅎ게' 정리된 세면도구를 보면 글도 '크찡ㅎ게' 잘 써질 것 같은 기분이 든다.

이상하게도 나는 비누 중에서도 살구비누로 손을 씻으면 마음이 더 정갈해진다.

책꽂이의 책들을 '코찡ㅎ게' 정리하다 보면 제재가 떠오를 때가 있다. 우리의 기억이 서재에 꽂힌 책처럼 정리가 되어 있다면, 글을 쓸 때 하나씩 꺼내 쓸 수 있겠지. 하지만 그런 일은 불가능하다. 경험과 기억이 뒤섞이고, 왜곡이 되기도 한다. 그러면 방법은 기록이다. 일기를 쓰는 일은 기억을 '크찡ㅎ게' 하는 일이다.

나는 게을러서 일기는 잘 쓰지 못하고, 대신 낙서나 메모는 많이 하는 편이다. 수첩에 적어 놓은 글귀가 몇 년 뒤에 시가 되는 경우가 흔하다. 그 과정을 마치 입속에서 되뇌어 보는 것으로 말하기도 하는데, 그렇게 입속에서 궁글리면서 제자리를 찾아가는 식이다.

신경림의 시「농무」나 곽재구의「사평역에서」는 얼마나 '크찡ㅎ' 시인가.

타글락타글락

터덜터덜.

제주어 중에서 의성어나 의태어는 아주 감각적이다. 그 소리나 모습을 적절히 나타낸다. 타글락타글락(터덜터덜), 벨롱벨롱(불빛이 멀리서 번쩍이는 모양), 돌락돌락(들먹들먹), 비비둥둥(악기 울리는 소리), 빙삭빙삭(방긋방긋 웃는 모양), 부들랑부들랑(바동바동), 실트락실트락(하기 싫은 일을 억지로 참아 가며 느리게 하는 모양), 이레착저레착(마음이나 행동을 하나로 정하지 못하고 이리저리 움직이는 상태), 주왁주왁(기웃기웃. 주먹을 연해서 내미는 모양), 화륵화륵(당황하여 이리저리 바삐 헤매는 모양. 부리나케 이리저리 돌아다니는 모양) 등. 언어가 감각적인 건 그 언어가 삶 가운데 살아 있는 언어라는 증거가 된다.

또 제주어는 정말 외국어처럼 들리는 경우가 많은데, 특히 프랑스어처럼 들리기도 한다. 가수 손지연이 부른 노래 '감귤송'을 들어보면 정말 샹송 같다. "부름이 이녁 멩글어샤" 지중해 연안의 오렌지가 연상된다. '텀불랑, 강 방 왕 굴읍서양, 아고게, 벨라진, 영 벨란 보난, 맨도롱' 등은 프랑스어가 아니다. 제주어가 낯선 사람들은 외국어 같은 제주어의 감각적 어감에 감탄하게 될 것이다.

그런데 제주는 프랑스와 비극의 인연이 있다. 1901년 이재수의 난이라고도 불리는 신축민란이 일어났다. 신축민란은 천주교인들의 횡포에 맞선 민중 항쟁이다. 당시 제주 앞바다에 군함 두 척을 정박한 프랑스군은 제주성으로 들어와 제주성에 프랑스 깃발을 꽂았다. 프랑스 해군은 천주교도를 제외한 나머지 제주도민은 모조리 죽이겠다고 하자 제주목사가 사정하며 말렸다고 한다. 이 사건으로 프랑스 정부는 한국 정부에 천주교도 피해에 대한 배상금을 요구했는데, 3년 뒤에 이자까지 포함해서 제주도 사람들이 다 갚았다.

때로 제주도 바람은 '타글락타글락' 분다.

퉤끼

토끼.

'토계', '퉤계'라고도 한다.

    어렸을 때 우리 집은 몇 년 동안 '퉤끼 농장'이었다. 처음부터 토끼 농장을 하려고 한 건 아니었다. 어느 날 아버지가 토끼 두 마리를 갖고 왔다. 어린 나는 토끼가 생겨 좋았다. 오래 가지 않아 닥칠 일을 생각하지 못했다. 나는 토끼에게 풀을 주며 토끼를 쓰다듬었다. 마치 고양이나 강아지를 다루듯 대했다. 토끼는 얌전하게 풀을 받아먹었다. 입을 놀리는 모습이 무척 귀여웠다.

    두 마리의 토끼는 암컷과 수컷이었다. 그런데 토끼는 계절마다 임신을 하고, 한 번에 새끼를 대여섯 마리 낳았다. 가끔씩 열 마리 넘게 낳는 경우도 있었다. 새끼는 얼마 가지 않아 임신을 했고, 가계도를 그리기 어려울 정도로 토끼들의 번식력이 왕성했다. 아버지가 감귤 상자로 만드는 토끼집은 빌라를 거쳐 아파트가 되었다. 형과 나는 토끼풀을 뜯으러 다니는 일이 방과 후 주된 임무였다. 처음에는 가방 하나면 충분했으나 한두 달 후부터는 가방에 마대를 여러 개 넣고 갔다.

    토끼는 젖은 풀에 약했다. 젖은 풀을 먹고 설사를 하면 죽는 경우도 많았다. 토끼를 땅에 묻는 일도 일상이 되어 갔다. 처음에는 토끼들에게 이름을 지어줬으나 얼마 가지 않아 포기했다. 어느새 텃밭에는 토끼들로 가득했다. 소일거리로 생각하고 시작한 아버지의 토끼 사육은 걷잡을 수 없을 지경에 이르렀다. 1년 만에 우리 집은 토끼 농장이 되었다.

사실 이렇게 토끼들이 생명력을 지닐 수 있었던 건 우리 집 땅의 비밀 때문이다. 이 얘긴 주위에 잘 하지 않는 편인데, 예전에 살던 그 집 땅은 지력이 매우 놀라운 땅이었다. 뒷마당에는 집보다 더 큰 비파나무가 있었는데, 비파 열매를 먹고 비파 씨를 땅에 뱉으면 다음날 그 자리에서 비파 싹이 돋을 정도였으니.

아무튼 토끼들이 점점 늘어서 인구 정책을 펼치듯 특단의 조치가 필요한 시점이 되었다. 아버지는 토끼들을 오일장에 가서 팔았다. 처음 몇 달 동안은 잘 팔렸다. 하지만 그 뒤로는 판매량이 급락했다. 아마도 섬에서 살 만한 사람은 다 산 듯. 아버지는 이 문제를 극복하기 위해 가족회의를 자주 열었다. 하지만 뾰족한 수가 떠오르지 않았다.

어느 날 엄마가 좋은 방법이 있다고 말했다. 그날 저녁 밥상 위에는 의문의 음식이 올랐다. 냄비 뚜껑을 열었는데 처음 맡는 고기 냄새였다. 나는 젓가락으로 음식을 뒤적거렸다. 나는 엄마에게 무슨 고기인지 물었다. 엄마는 그냥 먹으라고만 말했다. 알고 보니 그 고기는 토끼 고기였다. 처음에는 입맛에 맞지 않았지만 먹다 보니 그런대로 먹을 만했다. 이 부분에서 비명을 지를 순수한 독자들에게 미안하다. 하지만 그때는 그것이 유일한 토끼 개체 수 줄이기 방법이었다. 그러나 몇 날 며칠 토끼 고기를 먹는 건 곤욕이었다. 엄마도 지쳐 토끼 요리는 그만두었다.

그러고 또 몇 개월이 흘렀다. 우주 팽창처럼 토끼 수는 계속 늘었다. 늦여름이었다. 태풍이 올라오고 있었다. 그해 가장 큰 태풍이었다. 비바람이 몰아쳤다. 밤에 식구들이 모두 모여 안방에서 TV를 보고 있었다. 일기예보 시간이었다. 기상캐스터가 긴장된 목소리로 말했다.

"지금 현재 태풍은 서귀포 먼바다에 있으며, 오늘 밤 제주도를 관통할 것으로 보입니다. 이번 태풍은 대형 태풍으로 역대급 태풍입니다. 농가에서는 비닐하우스나 물꼬를 확인해 주시고……."

"아, 피곤하다. 불 꺼불라."

아버지가 헛기침을 하고는 잠자리에 누웠다.

"택훈아, 숙제해시냐?"

엄마가 내게 말했다.

"아, 맞다. 숙제."

연기가 어색했다. 나는 숙제가 없는데도 숙제를 할 것처럼 내 방으로 갔다.

가족들 모두 회피하고 싶었던 것. 이런 걸 미필적 고의라고 하나.

텃밭에 있는 토끼들은 토끼장 속에서 바들바들 떨고 있을 것이다. 여느 때 같으면 아버지가 천막으로 토끼장을 덮고, 삽으로 물이 잘 빠지도록 할 텐데…….

나는 눈을 감고 있었지만 잠이 오지 않았다. 비바람이 거셌다. 나뭇잎들이 날아와 창문에 다닥다닥 붙었다. 비바람 소리가 마치 토끼들의 비명 소리 같았다. 살려주세요, 살려주세요, 하는 소리 같았다. 죄책감에 뒤척이다 겨우 잠들었다.

다음 날 아침에 아버지가 나를 깨웠다. 나는 밖으로 나가기 두려웠다. 물 위에 둥둥 떠다니는 토끼 사체들을 상상했다. 나는 몸서리를 쳤다. 발걸음이 잘 떼지지 않았다. 밖으로 나가보니 태풍이 지나간 자리는 그야말로 난장판이었다. 나뭇가지가 부려져 있고, 쓰레기들이 널려 있고, 토끼장이 거의 다 부서져버렸다. 토끼들은 다 빗물에 떠내려갔는지 한 마리도 보이지 않았다.

죄책감이 들기도 했지만 한편으로는 이제 토끼 농장도 끝이라는 생각에 안도감이 드는 것도 사실이었다. 그때였다. 아버지를 따라 막 나뭇가지를 치우려고 할 때, 땅에 난 구멍에서 토끼 귀가 쫑긋이 나와 있는 게 아닌가.

'몇 마리는 살아남은 건가?'

몇 군데 구멍에서도 토끼 귀가 나와 있었다. 그러고는 이내 폴짝 뛰면서 토끼가 구멍 밖으로 나왔다. 한두 마리가 아니었다. 뿅뿅뿅뿅뿅.

토끼들이 계속 구멍 밖으로 나왔다. 무슨 일이 있었냐는 듯 나를 빤히 쳐다보는 토끼도 있었다.

뿅 뿅 뿅 뿅 뿅…….

그렇게 수십 마리의 토끼가 밖으로 나왔다. 세어 보니 원래 있던 토끼와 비슷한 수였다.

알고 보니 토끼들은 굴을 파는 습성이 있는데, 평소에 땅 밑으로 파놓은 땅굴 속에 들어가 태풍을 피했던 것. 지혜를 상징하는 동물이 왜 토끼인지 그때 새삼 깨달았다.

그리고 우리 집은 다시 토끼 농장이 되었다.

다음 날 아버지는 달력 한 장을 찢어 달력 뒷면에 '토끼, 무료로 드립니다'라고 크게 썼다. 그리고 그 종이를 대문에 붙여놓았다. 그렇게 우리는 토끼 농장에서 탈출할 수 있었다.

아버지는 그해 가을 근처 공단에 있는 비료 공장에 취직했다.

폭낭

팽나무.

마을마다 '폭낭'이 있다. 그 '폭낭' 그늘 아래에는 마을 삼촌들이 둘러앉아 이야기를 나누곤 한다. 하지만 요즘 마을에는 '폭낭' 문화가 사라진 곳이 많다. 그 '폭낭' 문화를 찻집이나 다른 공간이 대신한다.

제주시 아라동에서 시집 전문 작은 서점 '시옷서점'을 냈더니 아라동에 사는 문인 몇 명이 반겨 맞아주면서도 걱정을 많이 해주었다. 김규중 시인은 자신이 받아보던 문예지의 주소를 시옷서점으로 해 주었고, 이종형 시인은 시옷서점에 와서 나와 아내인 김신숙 시인을 안쓰럽게 바라봐주었고, 김동윤 평론가는 일부러 시옷서점에서 커피를 마시자며 자리를 만들어주었고, 김수열 시인은 시옷서점을 많이 응원해주었고, 장이지 시인은 근처 식당에서 소고기를 사주었다. 그리고 무엇보다 시옷서점 건물주 오광석 시인은 아주 저렴한 임대료로 가게를 빌려주었다.

잠시나마 시옷서점이 아라동 문인들에게 '폭낭' 역할을 할 수 있었다면 아라동 시대는 그런대로 의미가 있었다.

그리고 나에게 '폭낭'이 되어준 곳을 찾는다면 '오리회'를 들겠다. 초등학교 때 친구 몇 명이 만든 '오리회'는 오름을 같이 오르거나 책을 같이 읽는 모임이다. 우리 중에서 대장 격인 재엽이가 선두에 나서면 지선, 윤실, 내가 오리처럼 꽥꽥대며 그 뒤를 따른다고 해서 붙여진 이름이다. 오리고기를 먹는 모임이 아니다. 요즘은 자주 만나지 못하지만 가끔 만나 얘기를 나누면 어느새 어린 시절로 돌아가 우리는 별도봉 아래 서 있게 된다. 그러면 어디선가 시원한 바람이 불어온다.

시옷서점은 최근에 서귀포시 호근동으로 이전했다. 호근동은 김광협 시인의 고향이다. 마을회관 마당에 시비가 있고, 시 벽화도 있다. 시옷서점은 호근동의 폭낭이 되고 싶다.

할락산

한라산.

달리 '할로산', '할로영산'이라고도 한다.

은하수를 끌어당기는 산이라는 뜻의 '할락산'. 그 한라산 꼭대기에 있는 분화구, 백록담. 하얀 노루가 뛰놀았다는 이야기가 전해져 오는 그곳.

부끄러운 고백을 하겠다. 나는 아직 백록담에 오르지 못했다. 이홉 맥주병 세 개를 끈으로 묶어 백록담에 올랐다는 아버지. 한복을 입고 백록담에 올랐다는 어머니. 나는 지금껏 제주도에서 헛살았다. 사진첩을 보면, 소주 됫병을 어깨에 짊어지고 한라산을 오르는 아버지의 모습도 있고, 겨울 한라산에서 무릎까지 눈 속에 빠진 채 찍은 어머니의 모습도 있다.

1960년대 사진을 보면 백록담 분화구에 소풍 온 듯한 사람들로 가득 찬 모습을 흔하게 볼 수 있다. 말 그대로 야유회 분위기다. 그래도 남한에서 가장 높은 산인데 산보를 나온 것처럼 백록담에 올라 기념사진을 찍은 사람들. 예전 사람들은 한라산 오르는 걸 오름 오르는 정도로 생각한 걸까.

내가 가장 높이 오른 곳은 선작지왓이다. 스무 살 무렵이었다. 고등학교 동창 몇과 함께 올랐다. 물론 그때도 목표는 백록담이었다. 무슨 까닭인지 끝까지 오르지 않았다. 그 후 몇 번 한라산에 올랐지만 백록담에 오르지 못했다. 정지용의 시를 보면 그도 백록담에 오른 것 같은데, 제주도가 고향이면서 마흔 넘도록 백록담에도 오르지 않은 건 부끄러운 일이다.

문예창작학과에서 소설을 공부할 때, 최학 선생님이 학생들에게 이렇게 말했다.

"지리산에 오르지 않고 소설 쓸 생각은 하지 마라."

나는 그 말을 새기며 언젠가는 지리산에 오르겠다고 다짐했지만 지리산에 가지 못했다. 졸업 후 몇 년 뒤 최학 선생님과 졸업생 몇 명이 술자리를 함께했다. 그때 나는 지리산이 생각나 최학 선생님에게 말했다.

"선생님, 저 아직 지리산에 오르지 못했습니다. 그럼 저는 소설을 쓸 자격이 없는 거죠?"

"지리산? 그게 무슨 말인가?"

최학 선생님이 소주잔을 내려놓으며 말했다.

"선생님께서 예전에 우리한테 지리산에 올라야만 소설을 쓸 수 있다고 말씀하셨잖아요."

"아, 그거!"

선생님은 크게 웃고는 말을 이었다.

"그 말을 그대로 들었군. 그 말은, 한국 현대사 공부를 하라는 말이었지. 지리산은 상징적으로 말한 게지."

그제서야 나는 지리산에 가지 못한 게 안심이 되면서도 부끄러워졌다. 한라산도 마찬가지다. 제주의 신화, 제주의 역사를 알아야 제주에서 글을 쓸 수 있다. 한라산은 제주의 시간이 녹아 흐르는 곳이다.

그런데 진달래밭 대피소에서 사발면을 먹지 못하게 된 건 아쉽다. 자연을 위한 당연한 조치이지만 백록담 가까이 진달래밭 대피소에서 먹는 사발면은 베이스캠프 역할을 하는데……. 한 번도 오르지 못했으면서 이런 말을 꼭 한다.

백록담엔 아직 가보지 못했으니 뭐라 말할 수 없지만 선작지왓의 풍경은 극찬할 수 있다. 특히 봄에 철쭉 핀 모습은 마치 바닷속 산호초 같다. 하늘이 푸른 바다가 된다. 붉은 철쭉. 붉은 산호초. 밤수지맨드라미 펼쳐진 깊고 넓은 바다.

오는 가을엔 백록담에 꼭 오를 것이다.

할망바당

수심이 얕은 바다. 나이가 많아 깊은 바다에서는 물질이 어려운
할머니 해녀들이 물질을 할 수 있는 비교적 얕은 바다.
상군해녀는 수심 15미터 이상, 중군해녀는 수심 8-10미터,
하군해녀는 수심 5~7미터 정도의 바다에서 물질을 한다.
하군해녀를 달리 '똥군해녀'라 부르기도 한다.

몽당연필이 키가 작으니 긴 연필보다 더 어린 것으로 여기기
쉽다. 하지만 시간의 흐름으로 보면 몽당연필이 긴 연필보다 어
른이다. 손동연의 동시 「더 어른」을 보면 몽당연필이 긴 연필보
다 어른이라는 걸 알 수 있다. 나이가 들면 몽당빗자루처럼 몸이
닳아 작아지는 걸까.

나이가 많아 물질이 어려운 할머니들은 주위의 만류를 뿌리
치고 바다에 간다. 의사의 권고나 가족의 걱정은 아랑곳없이 물
에 들어간다. 땅에서는 허리가 굽었어도 바닷속에 들어가면 허
리를 '구짝'(곧게) 편다. 바다가 있어서 살 수 있는 해녀들.

상군해녀 시절 지나고 똥군해녀가 되면 '할망바당'에서 물질
을 한다. 오일장에는 '할망장터'가 있고, 바다에는 '할망바당'이
있다. '하르방장터'나 '하르방바당'은 없다. '오몽ᄒᆞ는'(부지런한) 제
주 여성의 모습을 여기에서도 볼 수 있다.

고희영 감독의 다큐멘터리 〈물숨〉은 바다와 함께하는 해녀

의 삶을 사계절에 담았다. 그러면서 다큐멘터리답게 있는 그대로의 모습을 보여준다. '물숨'은 물속에서 숨을 참고 견디는 숨인데 인간의 욕심 때문에 선을 넘기도 해서 이 물숨은 삶과 죽음의 경계이기도 하다.

해녀가 힘든 물질을 놓지 못하는 까닭 중 하나는 이 일이 제법 쏠쏠한 벌이라는 점이 한몫 한다. 그래야 생활비도 대고, 자식들 교육시키는 것에 돈을 쓸 수 있다. 그것을 이용하는 자식들 때문에 제주 어머니의 등골이 더 휘는 경우도 종종 있다.

서귀포 정방폭포 앞바다 해녀인 장모님은 무릎 수술에 심장 수술을 했어도 물에 들어간다. 장모님은 열두 살부터 물질을 시작했다고 한다. 그 정도의 나이라면 다소 늦은 나이라고 한다. 우도가 고향인데, 한강에 가서 물질을 해본 적도 있다고 한다. 다른 해녀들은 강원도, 울산, 일본까지 물질을 하러 다녀오기도 했단다.

딸 넷, 그리고 막내아들. 장모님은 막내아들을 위하고 또 위한다. 그 막내아들인 처남이 최근에 택시 운전을 시작했다. 처남이 택시 운전을 한 뒤로 장모님은 처남 택시와 색깔이 같은 택시만 보면 처남이 운전하는 택시를 본 것처럼 반긴다.

"아이고, 저 택시 승효 택시 아니냐."

해녀의 아들인 처남은 오늘 밤에도 서귀포의 밤 속에 들어가 어머니가 물질을 하듯 도시의 밤바다 속을 택시로 헤엄친다. 오늘도 아들 걱정을 하며 연속극을 보던 장모님은 까무룩 잠이 들겠지. 어머니는 아들의 바다 속에서 잠이 든다. 처남이 운전하는 서귀포 시내 곳곳이 장모님에게는 늘 마음이 가는 '할망바당'이다.

허운데기

머리털을 낮게 이르는 말.

제주도에서 미용실 이름이 '허운데기'인 곳도 몇 군데 있다. 어렸을 때는 엄마가 내 머리를 깎았다. 바리캉으로 상고머리를 만들었다. 상고머리로 짧게 치올려 깎으면 시원했다. 중학교에 가면서 이발소에 다니기 시작했다. 오현고등학교 맞은편에 있던 동촌이발소. 그곳이 집에서 가장 가까웠다. 그 이발소에는 무협지나 만화책이 있어서 좋았다. 이발사 아저씨는 언제나 흰 가운을 입고 가르마를 반듯하게 한 헤어스타일을 유지했다. 가운 앞상의 호주머니에는 빗이나 가위가 꽂혀 있었다.

그곳에는 전축이 있었다. 손님이 없을 때 아저씨는 LP판으로 팝송을 들었다. 머리를 자를 때는 볼륨을 줄였다. 덕분에 나는 비지스, 이글스 등을 접했다. 그곳에서 고행석의 만화 구영탄 시리즈를 접했다. 한 번도 이발소에 가지 않았을 것 같은 구영탄의 헤어스타일은 바보스러우면서도 반항적이었다. 그는 멍청한 영웅이었다. 친근하게 다가오면서 정의를 구현하는 인물이 바로 구영탄이다. 그런데 구영탄의 헤어스타일은 위로 솟은 곱슬머리인데 나름 무척 신경 쓴 건 분명하다. 아무튼 비지스의 노래를 들으며 킥킥대며 만화책을 읽었다. 내 순서가 더디게 오길 바라며.

머리는 구영탄보다 이현세 만화의 주인공 까치처럼 자르고 싶었다. 그래야 엄지처럼 예쁜 여자 친구가 생길 것 같았다. 현실은 구영탄에 가까웠지만 까치를 꿈꿨다. 그곳에서는 머리를 감는 건 혼자 처리했다. 어쩌다 손님이 거의 없을 때 이발사 아저씨가 머리를 감겨줬는데 손가락으로 두피를 박박 긁어대면 그렇게 시원할 수가 없었다. 머릿속까지 맑아지는 느낌이었다. 그런데 거울 속에 비친 내 모습은 구영탄도 까치도 아니었다. 스포츠머리. 학도병 같은.

나중에 나이가 들어 옛 동네에 갔다가 그 이발소 앞을 지난 적이 있었다. 놀랍게도 이발소의 삼색 봉이 아직 돌아가고 있었다. 들어가고 싶었지만 이상하게 용기가 나지 않았다. 이미 나는 미용실에 길들여져 있었다. 손님들이 미용실로만 가버려서 이발소 아저씨들은 얼마나 서운할까, 여전히 비지스를 듣고 있을까.

허운데기를 잘라주던 그 이발소 아저씨에 대한 기억은 팀 버튼의 영화 〈가위손〉을 볼 때 다시 떠올랐다. 외로운 성에 갇혀 있는 가위손처럼 동네 이발소에 갇혀 화려한 가위질을 못내 아쉬워하고 있을 그 사람.

그런데 이 낱말 '허운데기'는 '바리데기'나 '가믄장아기' 같은 설화적 이름 같다. 어쩌면 우리가 잃어버린 설화 속에서 머리카락이 아주 긴 '허운데기'가 머리카락을 날리며 구름 위를 날아다닐지도 모른다. 그림형제의 전래동화에 나오는 이야기 '라푼젤'처럼 긴 머리카락을 이용해 위기를 극복하는 이야기가 떠오른다. 동촌이발소 아저씨는 이제 노인이 되어 있겠지. 무스로 멋을 내던 젊은 시절의 모습은 이발소 거울에 남아 있으려나. 마치 산신령 같은 모습으로 의자에 앉아 있을지도 모른다.

어렸을 때 머리가 단정하지 못하면 마을 어른들은 "어이그, 저 허운데기 보라."라고 말하곤 했다. 머리를 마음대로 길게 놓아두는 것은 자유의 모습이다. 반대로 마음을 다잡을 때 머리를 잘라 전환점을 찾기도 하지만. 머리를 자르지 않는 것을 체제에 대한 저항으로 보면 너무 과한 걸까. 1895년 단발령이 내려졌을 때 상투를 자르지 않으려는 저항은 을미의병이라는 봉기로 나타났다. 제도화, 규격화되지 않으려고 하면서 세상을 바꾸려는 모습을 띤 '허운데기'를 마을 사람들은 경계했으리라. 순응하지 않고 저항했다가 얼마나 많은 '허운데기'를 잃었던가. 형장으로 끌려가는 신축년 이재수의 '허운데기'도 그랬으리라. 한라산에 숨어 지내던 인민유격대장 이덕구의 '허운데기'는 오죽했는가.

오는 주말에는 미용실에 가서 얌전한 학생처럼 가만히 앉아 있을 것이다. 흰머리가 부쩍 늘었다. 염색까지 하게 되면 눈을 감고 '허운데기'가 사는 신비로운 마을을 여행하는 꿈을 준다.

흐끌락

'흐끌락흐다'의 어간. '흐끌락흐다'는

아주 작다는 의미다. 달리 '쩨끌락', '쪼끌락'이라고도 한다.

벽시계를 새로 하나 샀다. 무소음으로 샀다. 그 전에 있던 벽
시계는 초침 소리가 신경 쓰였다. 낮에는 잘 들리지 않는데 조용
한 밤에 초침 소리는 더욱 크게 들렸다. 그 소리를 계속 들으면
불안한 마음이 나를 따라왔다. 누군가 나를 미행하는 느낌이 들
었다. 무소음으로 샀더니 초침 소리가 들리지 않아 마음이 편했
다. 그래도 궁금해서 벽시계에 귀를 갖다대보니 가는 시계 태엽
소리가 들리는 게 아닌가. 모든 흐르는 것들은 소리를 낸다. 반
짝이듯 소리를 내는 벽시계는 시간을 증명한다.

두 손바닥으로 두 귀를 막았을 때 들리는 소리가 지구의 자전
소리라는 말을 듣고 멍청이처럼 따라해 본 적이 있다. 하지만 지
구의 외부는 진공 상태이기 때문에 음파가 발생할 수 없어서 소
리가 나지 않는다고 한다. 그렇다면 두 손바닥으로 두 귀를 막았
을 때 들리는 우웅, 하는 소리는 무슨 소리일까. 그 소리는 심장
박동 소리처럼 내 안에서 반짝인다. 그것은 시간의 소리인지도
모른다. 시간의 소리는 멈추지 않고 흐른다. 두 귀를 막고 가만

히 듣고 있으면 아득한 우주로 마차가 구르는 소리가 반짝인다.

아주 작은 소리에 귀 기울일 수 있다면 클로버 밑으로 들어가 비단벌레의 고충을 듣고 싶다. 비단벌레는 쌓인 게 많을 거야. 애벌레로 지내는 7년 동안 말을 하지 못한 매미는 땅 밖으로 나와서는 세차게 노래한다.

침묵하고 있다고 해서 소리가 없는 게 아니다. 시의 행과 행 사이에 얼마나 많은 소리가 소란스럽게 울리던가. 지금은 말하지 못했기에 내일은 쓸 수 있다. 말하지 말고 글로 소리 낼 수 있으면 좋겠다. 언젠가는 유리창과 필담을 주고받을 수 있을까. 바람 부는 날엔 유리창이 먼 곳의 유리창에 타전을 보낸다. 그러기 위해서는 더 작아져야 한다. '흐끌락'해져야 한다.

하늘은 며칠 참았다가 바람 소리를 낸다. 맑은 날엔 빈 병에서 나는 바람 소리가 더욱 크다.

＊ ＊ ＊

제주어 마음사전

2019년 11월 20일 1판 1쇄 펴냄
2023년 8월 16일 1판 5쇄 펴냄

지은이	현택훈
펴낸이	김성규
편집	김은경 이계섭
디자인	김동선
그림	박들
제주어 감수	김순자(제주학연구센터 전문연구위원)
펴낸곳	걷는사람
주소	서울특별시 마포구 월드컵로 16길 51 서교자이빌 304호
전화	02 323 2602
팩스	02 323 2603
등록	2016년 11월 18일 제25100-2016-000083호
ISBN	979-11-89128-56-2
	979-11-89128-13-5 [04800] 세트

* 이 책의 본문에서 인용된 모든 시는 현택훈 시인의 작품입니다.
* 이 책은 제주문화예술재단의 기금을 지원받아 발간되었습니다.
* 이 책 내용의 전부 또는 일부를 재사용하려면 반드시 지은이와 출판사의
  동의를 얻어야 합니다.
* 잘못된 책은 교환해 드립니다.
* 이 책의 국립중앙도서관 출판시도서목록(CIP)은 서지정보유통지원시스템 홈페이지
  (http://www.seoji.nl.go.kr)와 국가자료공동목록시스템 홈페이지
  (http://www. nl.go.kr/kolisnet)에서 이용할 수 있습니다. (CIP제어번호:2019043892)
* 출간된 책을 다시 살펴보니 그때는 인지하지 못했던 성인지 감수성이 낮은 문장들이
  일부 보여 새로이 수정하였습니다. 문학이라는 이름 아래 행해지는 모든 위계와 차별
  그리고 폭력에 예민하게 반응하겠습니다.